Über dieses Buch Innerhalb von Paveses Gesamtwerk strahlt der 1941 geschriebene Roman ›Am Strand‹ trotz schwermütiger Töne eine eigentümlich schwerelose Heiterkeit aus. Pavese nannte diesen Roman »ein freies Stilexperiment« – »nicht brutal, nicht proletarisch, nicht amerikanisch«. Er spielt in der Schickeria-Welt bürgerlicher Intellektueller. Vier Männer – ein halbwüchsiger Schüler, ein Bonvivant typisch italienischer Prägung, dazu der von einem gewissen Zynismus nicht freie Ehemann und schließlich sein bester Freund, der Erzähler, – umkreisen die reizvolle Clelia, die sich in ihrer Indifferenz als Projektionsobjekt für halbbewußte oder nur halb eingestandene Wünsche darbietet. Alles, was geschehen könnte, geschieht nicht, wird nie geschehen, ist auswechselbar, beliebig, sinnlos. Clelia und die vier Männer verbringen ein paar Ferienwochen an der ligurischen Küste. Sie baden, trinken, flirten. Am Urlaubsende gehen sie wieder auseinander, ohne daß etwas Entscheidendes geschehen wäre – doch keiner kehrt unberührt in sein bis dahin gewohntes Leben zurück. Alle sind in Nuancen verändert. Präzis beschreibt Pavese die unterschiedlichen Reaktionen der verschiedenen Charaktere. Allen gemeinsam ist ihre Angst vor ihren Gefühlen, ihr Unvermögen, sich zwischen Hingabe und Selbstbewahrung zu entscheiden. Leitmotivisch taucht hier auf, was Pavese später in seinem großen Roman ›Die einsamen Frauen‹ (1949) endgültig durchformt.

Der Autor Cesare Pavese wurde 1908 in San Stefano / Cuneo als Sohn eines Justizbeamten geboren, studierte Literaturwissenschaften in Turin; Lehrer, anschließend Lektor bei Einaudi; wurde vom faschistischen Regime nach Kalabrien verbannt; neben reicher eigener Schriftstellertätigkeit zahlreiche Übersetzungen aus dem Englischen und Amerikanischen (darunter Defoe, Joyce, Steinbeck, Faulkner); wurde 1950 mit dem bedeutendsten italienischen Literaturpreis, dem Premio Strega, ausgezeichnet; wenige Monate später Selbstmord in einem Turiner Hotel.
Vom selben Autor sind im Fischer Taschenbuch Programm lieferbar: die Romane ›Der Genosse‹ (Bd. 5302), ›Unter Bauern‹ (Bd. 5304) und in Einzelbänden die Turiner Trilogie ›Der schöne Sommer‹ (Bd. 5899), ›Der Teufel auf den Hügeln‹ (Bd. 5965), ›Die einsamen Frauen‹ (Bd. 5305), außerdem die Erzählungsbände ›Der böse Blick‹ (Bd. 5347), ›Nacktheit‹ (Bd. 5349) und ›Die Selbstmörder‹ (Bd. 5348).

Cesare Pavese
Am Strand

Roman

Aus dem Italienischen
von Arianna Giachi

Fischer
Taschenbuch
Verlag

16.–17. Tausend: Juni 1990

Ungekürzte Ausgabe
Veröffentlicht im Fischer Taschenbuch Verlag GmbH,
Frankfurt am Main, Juni 1983

Lizenzausgabe mit freundlicher Genehmigung
der Claassen Verlags GmbH, Düsseldorf

Die italienische Ausgabe erschien unter dem Titel ›La spiaggia‹

Umschlaggestaltung: Buchholz / Hinsch / Hensinger
Abb.: Giorgio de Chirico, ›Visit to the mysterious baths‹.

Druck und Bindung: Clausen & Bosse, Leck
Printed in Germany
ISBN 3-596-25303-9

Seit geraumer Zeit war es zwischen meinem Freund Doro und mir abgemachte Sache, daß ich sein Gast sein solle. Ich mochte Doro sehr gern, und als er seiner Heirat wegen nach Genua übersiedelte, machte mich das halb krank. Als ich ihm schrieb, ich wolle nicht zu seiner Hochzeit kommen, erhielt ich trocken und obenhin die Antwort, wenn Geld nicht dazu da sein solle, um sich in der Stadt niederzulassen, in der die eigene Frau sich wohl fühle, dann sei wirklich nicht einzusehen, wozu es überhaupt da sei. Eines schönen Tages kam ich dann auf der Durchreise nach Genua, machte bei ihm zu Hause Besuch, und wir schlossen Frieden. Seine Frau in ihrer lausbübischen Art, die mich reizenderweise aufforderte, sie Clelia zu nennen, war mir sofort sympathisch. Sie ließ uns gerade so lange allein, wie es richtig war, und als sie dann am Abend wieder bei uns erschien, um mit uns auszugehen, hatte sie sich in eine bezaubernde Dame verwandelt, der ich, wäre ich nicht so, wie ich nun einmal bin, die Hand geküßt hätte.

In diesem Jahr kam ich mehrmals nach Genua, und jedesmal besuchte ich sie. Selten waren sie allein, und Doro in seiner ungezwungenen Art schien sich vollkommen in die Umgebung seiner Frau eingelebt zu haben. Oder richtiger sollte ich wohl sagen, daß die Umgebung seiner Frau ihn als Clelias Mann anerkannte und Doro in seiner Unbekümmertheit und Verliebtheit sie gewähren ließ. Von Zeit zu Zeit setzten er und Clelia sich in den Zug und machten eine kleine Reise, eine Art immer wieder unterbrochener Hochzeitsreise, die beinahe ein Jahr dauerte. Sie waren aber geschmackvoll genug, fast nie darauf anzuspielen. Ich, der ich Doro kannte, war froh über diese Verschwiegenheit, aber auch neidisch. Denn Doro gehört zu den Leuten, die das Glück schweigsam macht. Und als ich ihn jetzt so gelassen und ausschließlich mit Clelia beschäftigt antraf, begriff ich, wie sehr er sein neues Leben genießen mußte. Clelia war es denn auch, die mir eines Tages, als wir uns ein bißchen besser kannten und Doro uns allein ließ, sagte: »O ja, er ist glücklich.«

Sie besaßen eine kleine Villa an der Riviera, die häufig das Ziel ihrer kurzen Reisen war. Und in dieser Villa sollte ich ihr Gast sein. Aber in diesem Sommer führte mich meine Arbeit in eine andere Gegend, und ich muß auch gestehen, daß mir der Gedanke, mich in ihre Zweisamkeit zu drängen, peinlich war. Andererseits lohnte es sich auch nicht recht, sie immer nur im Kreis ihrer Genueser Clique zu sehen, oberflächlich über dies und jenes zu plaudern und an ihren mir gleichgültigen Abendgesellschaften teilzunehmen, das heißt, eigens eine Reise zu machen, um mit ihm hin und wieder einen Blick oder mit Clelia ein paar Worte zu wechseln. So ließ ich zwischen meinen flüchtigen Besuchen immer mehr Zeit verstreichen und wurde zum Briefschreiber – Glückwunschkarten und ab und zu auch ein längerer Erguß, die meinen einst so vertrauten Umgang mit Doro, so gut es ging, ersetzen mußten. Manchmal war es Clelia, die mir antwortete – in einer eiligen, großzügigen Schrift schrieb sie liebenswürdige Dinge, die aus der schillernden Flut von Gedanken und Ereignissen eines mir fremden Lebens und einer mir fremden Welt geschickt ausgewählt waren. Aber ich hatte den Eindruck, daß Doro keine Lust zum Schreiben hatte und Clelia diese Aufgabe nur zu gern überließ. Das verstimmte mich, und ohne große Eifersuchtsanwandlungen löste ich mich neuerlich von ihnen. Im Lauf eines Jahres schrieb ich vielleicht noch dreimal, im Winter aber besuchte Doro mich plötzlich, ließ mich einen ganzen Tag keine Stunde allein und sprach mir von seinen geschäftlichen Angelegenheiten – ihretwegen war er gekommen –, aber auch von Vergangenem, das uns beide interessierte. Er schien mir gesprächiger als früher, was aber nach unserer langen Trennung ganz natürlich war. Er wiederholte seine Einladung, mit ihnen Ferien in ihrer Villa zu verbringen. Auf meine Antwort, ich nähme das unter der Bedingung an, daß ich im Hotel wohne und mit ihnen nur zusammen sei, wenn wir Lust dazu hätten, sagte er lachend: »Gut, mach das ganz, wie du willst. Schließlich wollen wir dich ja nicht auffressen.« Dann hörte ich wieder fast ein Jahr nichts von ihnen, und als die Ferienzeit kam, ergab es sich, daß ich frei war und nichts anderes vorhatte. Darum war es nun an mir, anzufragen, ob sie mich haben wollten. Als Antwort kam ein Telegramm von Doro: Nicht abreisen. Ich komme.

Als er dann so sommerlich braun vor mir stand, daß ich ihn fast nicht wiedererkannte, verwandelte sich meine Sehnsucht nach ihm in Trotz. »So kannst du einen doch nicht behandeln«, sagte ich. Er lachte. »Hast du dich mit Clelia gestritten?« – »Ach wo.«

»Ich habe hier zu tun«, erklärte er mir, »und ich möchte, daß du mir dabei Gesellschaft leistest.«

Wir waren den ganzen Vormittag unterwegs und sprachen dabei sogar über Politik. Doro führte seltsame Reden, und mehrmals bat ich ihn, nicht so laut zu sprechen. Er war so aggressiv und sarkastisch, wie ich ihn lange nicht mehr gesehen hatte. In der Absicht, noch einmal auf Clelia zurückzukommen, fragte ich ihn nach seinen persönlichen Angelegenheiten, aber er begann sofort zu lachen und sagte: »Laß mich doch damit in Ruhe. Darum brauchen wir uns jetzt nicht zu kümmern.«

So gingen wir schweigend noch ein bißchen weiter, bis ich Hunger bekam und fragte, ob wir nicht etwas zu uns nehmen wollten.

»Ja, wir können uns genausogut irgendwo hinsetzen«, antwortete er. »Hast du noch etwas vor?«

»Ich wollte heute abreisen, um zu euch zu fahren.«

»Dann kannst du mir auch Gesellschaft leisten.«

Er setzte sich als erster. In seinem braunen Gesicht wanderten seine weißen Augäpfel unruhig wie die eines Hundes hin und her. Das fiel mir erst jetzt auf, als er mir gegenübersaß, und nun merkte ich auch, daß sein Lachen hauptsächlich durch den Gegensatz zwischen seinem Gesicht und seinen Zähnen so sarkastisch wirkte. Aber er ließ mir keine Zeit, das auszusprechen, sondern sagte sofort:

»Wir sind wahrhaftig lange nicht mehr zusammen gewesen.«

Ich war neugierig, worauf er hinaus wollte. Das alles ärgerte mich. Um ihm zu verstehen zu geben, daß ich abwarten konnte, zündete ich meine Pfeife an. Doro holte seine Zigaretten mit Goldmundstück heraus und blies mir den Rauch ins Gesicht. Ich schwieg und wartete.

Aber erst als es dunkel wurde, ging er aus sich

heraus. Mittags aßen wir im Schweiß unseres Angesichts in einer Wirtschaft; dann machten wir uns wieder auf den Weg, und er ging in mehrere Läden, um mir zu zeigen, daß er tatsächlich Besorgungen zu machen hatte. Gegen Abend wanderten wir die alte Straße zur Höhe hinauf, die wir einstmals so oft zusammen hinaufgestiegen waren, und landeten in einem Mittelding zwischen Absteige und Gasthaus, das uns als Schülern wie das Nonplusultra des Lasters vorgekommen war. Wir machten diesen Spaziergang im kühlen, sommerlichen Mondlicht und erholten uns dabei ein wenig von der Schwüle des Tages.

»Sind deine Verwandten jetzt auf dem Land?« fragte ich Doro. »Ja, aber ich gehe sie trotzdem nicht besuchen. Ich möchte allein sein.«

Aus Doros Mund bedeutete das ein Kompliment. Ich beschloß, meinen Groll zu begraben.

»Entschuldige«, fragte ich leise, »kann ich eigentlich zu euch ans Meer kommen?«

»Wann immer du willst«, antwortete Doro. »Aber leiste mir vorher noch ein bißchen Gesellschaft. Ich möchte einen Abstecher in meine Heimat machen.«

Bedient wurden wir von der schlampigen und schlecht geschminkten Tochter des Wirts, vielleicht derselben, zu der es uns einst immer wieder hier heraufgezogen hatte, aber ich merkte, daß Doro weder auf sie noch auf ihre jüngeren Schwestern achtete, die ab und zu erschienen, um die Pärchen in den Ecken zu bedienen. Dafür trank er mit sichtlichem Genuß, ermunterte auch mich zum Trinken und sprach mit großer Wärme von seinen heimatlichen Höhen.

Er denke schon seit einer Weile an sie, erklärte er

mir; es sei – wie lange? – ja, schon drei Jahre her, seit er nicht mehr dort gewesen sei. Jetzt wolle er sich einmal Ferien erlauben. Ich hörte ihm zu und fing bei seinen Erzählungen ebenfalls Feuer. Viele Jahre, ehe er geheiratet hatte, waren wir mit dem Rucksack zu Fuß durch die ganze Gegend gewandert, wir beiden allein, unbekümmert und zu allem bereit, zwischen Bauernhöfen hindurch, an Villen vorbei, den Bächen entlang, und manchmal hatten wir in Heuschobern geschlafen. Und die Reden, die wir dabei geführt hatten – wenn ich jetzt daran zurückdachte, errötete ich oder konnte es fast nicht mehr glauben. Damals waren wir noch in dem Alter, in dem man den Worten des Freundes lauscht, als seien es die eigenen, und das gemeinsame Leben führt, von dem ich – als Junggeselle – heute noch glaube, daß manche Eheleute es miteinander führen.

»Warum machst du diesen Ausflug eigentlich nicht mit Clelia zusammen?« fragte ich ihn ohne jeden Hintergedanken.

»Clelia kann nicht, sie hat keine Lust dazu«, stammelte er und setzte sein Glas ab. »Ich möchte ihn mit dir zusammen machen.« Diesen Satz äußerte er stirnrunzelnd und zugleich lachend so nachdrücklich, wie er es bei eifrigen Gesprächen zu tun pflegte.

»Kurzum, wir kehren in unsere Knabenjahre zurück«, brummte ich vor mich hin. Aber vielleicht hörte Doro das gar nicht.

Etwas konnte ich an diesem Abend nicht ergründen: ob Clelia von diesem Abstecher wußte. Irgend etwas in Doros Verhalten ließ mich das Gegenteil vermuten. Aber wie sollte ich auf ein Thema zurückkommen, dem mein Freund so geflissentlich aus dem Wege ging? In dieser Nacht quartierte ich ihn auf meinem Sofa ein – er schlief ziemlich unruhig – und dachte darüber nach, warum er bis zum Abend gewartet hatte, um mit etwas so Harmlosem wie dem Plan zu diesem Ausflug herauszurücken. Der Gedanke, möglicherweise bei einem Streit mit Clelia als Vorwand herhalten zu müssen, verstimmte mich. Daß ich auf Doro immer eifersüchtig war, habe ich ja schon erwähnt.

Diesmal fuhren wir – frühmorgens – mit dem Zug und kamen an, ehe es heiß wurde. In einer Landschaft, die so weiträumig war, daß die Bäume in ihr winzig wirkten, waren am Horizont Doros Höhen zu sehen: dunkle, bewaldete Berge, deren lange morgendliche Schatten auf die gelben Hügel mit ihren Bauernhöfen fielen. Doro – ich hatte mir vorgenommen, ihn nicht aus den Augen zu lassen – nahm den Ausflug jetzt sehr gelassen. Ich hatte aus ihm herausbekommen, daß er höchstens drei Tage dauern sollte, und ihn davon abgebracht, seinen Koffer mitzunehmen.

Wir stiegen aus dem Zug, sahen uns um, und während Doro, der hier alle kannte, ins Bahnhofshotel ging, blieb ich draußen auf dem menschenleeren Platz, der so verlassen dalag, daß ich in der Hoffnung, es sei schon Mittag, auf die Uhr schaute. Es war noch nicht neun Uhr, ich betrachtete also aufmerksam das neue Pflaster und die niedrigen Häuser mit ihren grünen Fensterläden und den glyzinien- und geranienumblühten Balkonen. Die Villa, die einstmals Doro gehört hatte, lag außerhalb des Ortes auf einer Bergnase über dem Tal, das sich zur Ebene hin auftat. Auf unserer früheren Wanderung hatten wir dort eine Nacht in einem altmodischen Zimmer verbracht, dessen Sopraporten mit Blumen bemalt waren, hatten am nächsten

Morgen die Betten ungemacht hinterlassen und nur dafür gesorgt, daß das Gartentor wieder abgeschlossen wurde. Ich hatte damals keine Zeit gehabt, durch den Park zu gehen, der zu der Villa gehörte. Doro war in diesem Haus geboren – seine Angehörigen hatten hier jahraus, jahrein gewohnt und waren hier gestorben –, und als er heiratete, hatte er es verkauft. Ich war neugierig, was er vor dem Gartentor für ein Gesicht machen würde.

Aber als wir das Hotel zu einem Spaziergang verließen, schlug Doro eine ganz andere Richtung ein. Wir überquerten den Bahndamm und folgten dem Flußlauf. Es war klar, daß wir uns auf die Suche nach einem schattigen Platz machten, wie man in der Stadt ein Café aufsucht. »Ich dachte, wir gingen zu der Villa«, maulte ich. »Sind wir nicht eigens deswegen hierhergekommen?« Doro blieb stehen und warf mir einen vernichtenden Blick zu.

»Was glaubst du eigentlich? Daß ich zu meinen Ursprüngen zurückkehren will? Das, worauf es ankommt, habe ich im Blut, und niemand kann es mir nehmen. Ich bin hier, um ein bißchen heimatlichen Wein zu trinken und wieder einmal mit irgendwem zusammen zu singen. Ich suche nur Abwechslung, das ist alles.«

Ich war drauf und dran, ihm zu sagen: Das stimmt ja gar nicht. Aber dann hielt ich doch den Mund. Ich stieß mit dem Fuß einen Stein fort und zog meine Pfeife heraus. »Du weißt genau, daß ich nicht gut singen kann«, brachte ich zwischen zusammengebissenen Zähnen heraus. Doro zuckte die Schultern.

Vor- und Nachmittag verbrachten wir damit, friedlich hügelauf, hügelab zu schlendern. Es sah so aus, als schlüge Doro absichtlich kleine Pfade ein, die nirgendwohin führten, sondern in der Schwüle bei einem Bachbett, an einer Hecke oder vor einem verschlossenen Tor endeten. Gegen Abend, als die Sonne bereits tief über der Ebene stand, die sie mit ihrem Dunst erfüllte, und die Akazien sich schon sanft in der Brise wiegten, wanderten wir die große Landstraße durch das Tal wieder ein Stück hinauf. Ich lebte auf, und auch Doro wurde gesprächiger. Er erzählte von einem Bauern, der seinerzeit dafür berühmt war, daß er seine Schwestern – er hatte deren mehrere – aus dem Haus jagte und dann die Bauernhöfe abklapperte, wo sie Zuflucht gesucht hatten, dort ganz außer sich auftauchte und verlangte, daß man bei einem Festmahl Versöhnung feiere. »Wer weiß, ob er noch lebt«, meinte Doro. Er habe in einem Hof gewohnt, den man von hier unten sehen könne. Es sei ein sehniger kleiner Kerl gewesen, der wenig sprach und bei allen gefürchtet war. Eigenartig an ihm sei gewesen, daß er nicht habe heiraten wollen, weil es ihm, wie er behauptete, leid getan hätte, auch seine Frau aus dem Haus jagen zu müssen. Ein paar von den Schwestern seien ihm dann endgültig davongelaufen, was im Dorf allgemeine Genugtuung hervorgerufen habe.

»Wie war er denn? Eine eindrucksvolle Persönlichkeit?« fragte ich.

»Nein, ganz und gar nicht, ein Außenseiter, einer von denen, die es faustdick hinter den Ohren haben, weil sie mit ihrem Leben nicht zufrieden sind.«

»Dann müßten es ja alle faustdick hinter den Ohren haben.«

»Ganz recht.«

»Und hat er schließlich doch noch geheiratet?«

»Ach woher. Er behielt eine Schwester bei sich, die kräftigste, die ihm Kinder gebar und seinen Weingarten in Ordnung hielt. Und es ging ihnen gut. Und vielleicht geht es ihnen heute noch gut.«

Doro hatte einen sarkastischen Ton angeschlagen und ließ seine Augen, während er das erzählte, zu den Höhen hinaufwandern. »Hast du Clelia diese Geschichte je erzählt?«

Doro antwortete nicht; er machte ein Gesicht, als hänge er anderen Gedanken nach.

»Clelia würde diese Geschichte bestimmt Spaß machen«, fuhr ich fort, »um so mehr, als sie nicht deine Schwester ist.«

Aber ich bekam nur ein Lächeln zur Antwort. Doro konnte, wenn er wollte, wie ein Junge lächeln. Er blieb stehen und legte mir die Hand auf die Schulter. »Habe ich dir eigentlich gesagt, daß ich einmal mit Clelia hiergewesen bin?« fragte er. Jetzt blieb auch ich stehen. Ich sagte nichts und wartete.

Doro begann von neuem: »Ich dachte, ich hätte dir das gesagt. Sie selbst hatte mich darum gebeten. Wir kamen mit Freunden im Auto hier durch. Damals waren wir dauernd unterwegs.«

Er schaute mich an und sah zugleich auf den Hügel hinter mir. Dann schickte er sich an weiterzugehen. Auch ich setzte mich wieder in Bewegung.

»Nein, das hast du mir nie gesagt«, murmelte ich, »wann ist das denn gewesen?«

»Vor gar nicht langer Zeit. Im vergangenen Jahr.«

»Und sie hat dich darum gebeten?«

Doro nickte.

»Dann hast du damit zu lange gewartet«, wandte ich ein. »Du hättest sie schon früher hierherbringen sollen. Und warum hast du sie dieses Jahr am Meer gelassen?«

Aber Doro lächelte schon wieder auf seine eigentümliche Art. Er deutete mit den Augen auf den Steilhang der höchsten Erhebung und antwortete nicht. Schweigend stiegen wir, solange es hell war, dort hinauf und blieben dann oben stehen, um einen Blick auf die Ebene zu werfen, in deren dunstiger Tiefe wir auch den dunklen Schopf der uns unzugänglichen Villa zu entdecken glaubten.

Sobald es dunkel war, begannen im Hotel freundliche Gesichter aufzutauchen. Es gab dort ein Billard, und es wurde gespielt. Doros Altersgenossen – einige Angestellte und ein Arbeiter, der ganz mit Kalk bespritzt war, – erkannten ihn und begrüßten ihn überschwenglich. Dann kam noch ein älterer Herr mit einer goldenen Kette über der Weste, der, wie er behauptete, hocherfreut war, meine Bekanntschaft zu machen. Während Doro spielte und Witze riß, trank der alte Herr einen Kaffee mit einem Schnaps, beugte sich über den Tisch und fragte mich im Vertrauen nach Doros Angelegenheiten. Er erzählte mir die ganze Geschichte der Villa, die ein gewisser Matteo mit allen umliegenden Ländereien gekauft hatte, als sie noch ein einfacher Heuschober gewesen war. Dieser Matteo war einer von Doros Vorfahren, aber dann hatte sein Großvater mit den Grundstücken zu spekulieren begonnen, hatte eines nach dem anderen verkauft, um das Haus bauen zu können, und schließlich war nur die große Villa ohne allen Landbesitz übriggeblieben. Er habe es seinem Freund, Doros Vater, vorausgesagt, daß seine Kinder eines Tages auch das Haus verkaufen und ihn einsam wie einen Landstreicher auf dem Friedhof zurücklassen würden. Er sprach ein anheimelndes, mit Dialektausdrücken gewürztes Italienisch. Ich weiß nicht warum, aber ich bildete mir fest ein, er müsse Notar sein. Dann kamen Flaschen, und Doro trank, stehend auf sein Queue gestützt, und blinzelte bald dem, bald jenem zu. Schließlich waren nur noch der Arbeiter, der Ginio hieß, wir beide und ein Bursche mit roter Krawatte übrig, den Doro erst an diesem Abend kennengelernt hatte. Wir verließen das Hotel, um uns noch ein bißchen die Füße zu vertreten, und der Mond wies uns den Weg. In seinem Licht sahen wir alle wie der Arbeiter aus, dessen Gesicht der Kalkstaub wie eine Maske bedeckte. Doro sprach seinen Dialekt; ich verstand sie, konnte aber nicht geläufig antworten, und darüber mußten wir lachen. Das Mondlicht hüllte alles, sogar die höchsten Anhöhen, in einen durchsichtigen Schleier, in dessen Dunst alle Erinnerungen an den Tag verloschen. Der Weindunst, der uns umnebelte, tat ein übriges. Ich fragte mich nicht mehr, was Doro vorhatte, sondern ging, überrascht und glücklich, daß wir zu dem Geheimnis früherer Jahre zurückgefunden hatten, neben ihm her.

Der Arbeiter führte uns zu seinem Haus. Er bat uns, leise zu sein, um die Frauen und seinen Vater nicht zu wecken. Auf der Tenne ließ er uns vor den großen dunklen Öffnungen des Heuschobers im Schatten eines Strohhaufens zurück, kam aber kurz darauf barfuß und albern lachend mit zwei schwarzen Flaschen unter dem Arm wieder zum Vorschein. Wir nahmen den Hund mit, schlichen die Wiese hinter dem Haus hinunter und setzten uns an einen Grabenrain. Wir mußten aus der Flasche trinken, was dem Burschen mit der Krawatte mißfiel, aber Ginio sagte lachend: »Wer nicht mithält, ist selbst schuld.« Und wir hielten alle mit.

»Hier können wir singen«, sagte Ginio und räusperte sich. Ganz allein stimmte er ein Lied an, und seine Stimme erfüllte das Tal. Der Hund war nicht mehr zu halten; nah und fern begannen andere Hunde anzuschlagen, und so fing auch der unsere zu bellen an. Doro lachte mit zufrieden dröhnender Stimme, nahm noch einen Schluck und fiel dann in Ginios Lied ein. Zu zweit übertönten sie rasch die Hunde, und ich merkte jetzt, daß das Lied mit seinen lang hingezogenen tiefen Tönen und seinen Worten, die in diesem rauhen Dialekt einen seltsam edelen Klang bekamen, im Grunde schwermütig war. Natürlich kann es sein, daß der Mond und der Wein dazu beitrugen, daß ich es so in Erinnerung habe. Sicher aber bin ich, daß ich mich froh und plötzlich sehr glücklich fühlte, als ich meine Hand ausstreckte, um sie auf Doros Schulter zu legen. Ich spürte, wie sie sich mit seinem Atem hob und senkte, und war ihm plötzlich von Herzen gut, weil wir nach so langer Zeit wieder zusammen waren.

Der Bursche, der Biagio hieß, schmetterte ab und zu einen Ton oder eine ganze Passage hinaus, senkte dann seinen Kopf und nahm das unterbrochene Gespräch mit mir wieder auf. Ich erklärte ihm, daß ich nicht in Genua wohnte und aufgrund meines in lang vergangener Jugendzeit erworbenen Doktortitels staatlicher Angestellter sei. Darauf sagte er mir, er wolle heiraten, dabei aber ganze Sache machen, und um ganze Sache zu machen, müsse man soviel Glück wie Doro haben, der in Genua mit seiner Frau ein Geschäft erheiratet habe. Wenn ich das Wort Geschäft höre, werde ich wütend, darum verlor ich die Geduld und sagte schroff: »Kennen Sie etwa Doros Frau? ... Na also, wenn Sie sie nicht kennen, sollten Sie lieber den Mund halten.«

Wenn ich so mit den Leuten umspringe, merke ich, daß ich schon über dreißig bin. Das ging mir im Kopf herum, als Doro und der Arbeiter mit Erinnerungen an ihre gemeinsame Militärzeit begannen. Wieder kam die Flasche zu mir, die der weiße Ginio, ehe er sie mir reichte, mit der Handfläche abwischte. Ich nahm einen langen Schluck, um die Gefühle hinunterzuspülen, die ich mir nicht von der Seele singen konnte.

»Ja, Sie müssen schon entschuldigen«, sagte Ginio und nahm die Flasche wieder an sich, »aber wenn Sie im nächsten Jahr wiederkommen, bin ich verheiratet und kann zu Hause eine Flasche für Sie aufmachen.«

»Läßt du dich immer noch von deinem Vater herumkommandieren?« fragte Doro.

»Das liegt nicht an mir, er kommandiert eben.«

»Jetzt kommandiert er dich schon dreißig Jahre herum. Geht ihm dabei nicht mal die Puste aus?«

»Da geht eher dem hier die Puste aus«, erklärte der Bursche mit der Krawatte und lachte nervös.

»Und was meint er zu Orsolina? Läßt er zu, daß du sie heiratest?«

»Das ist noch nicht heraus«, sagte Ginio, zog die Füße aus dem Graben und schnellte wie ein Aal über das Gras. »Wenn nicht, ist es auch recht«, grunzte er zwei Schritte von uns entfernt. Jedesmal, wenn ich den Mond sehe, muß ich an diesen kleinen Kerl denken, der weiß wie ein Bäcker war, Purzelbäume schlug und sich mit Doro duzte. Als ich ihn später Clelia beschrieb, lachte sie von Herzen. Sie lachte ihr strahlendes Lächeln und sagte: »Doro ist und bleibt eben ein richtiger Junge.«

Was dann später geschah, erzählte ich Clelia freilich nicht. Ginio und Doro stimmten ein anderes Lied an, und diesmal grölten wir alle vier los. Bis vom Hof eine wütende Stimme uns zurief, wir sollten aufhören. In die plötzliche Stille hinein brüllte Biagio eine Unverschämtheit und sang dann das Lied in herausforderndem Ton weiter. Als auch

Doro wieder damit anfing, sprang Ginio auf. »Nein«, stammelte er, »er hat mich erkannt. Das ist mein Vater.« Aber Biagio ließ sich nicht stören, Ginio und Doro mußten sich auf ihn stürzen und ihm den Mund zuhalten. Schwankend und immer wieder auf dem Gras ausrutschend, waren wir noch kaum von der Stelle gekommen, als Doro einen Einfall hatte. »Die Schwestern von den Murette«, sagte er zu Ginio. »Hier kann man ja nicht singen, aber bei denen wurde früher gesungen. Komm, laß uns zu Rosa gehen.« Und er wäre schnurstracks dorthin gegangen, hätte der Bursche nicht meinen Arm genommen und mir entsetzt zugeflüstert: »Du lieber Himmel, dort schläft doch der Wachtmeister.« Ich wußte nicht recht, was ich tun sollte, lief aber hinter Doro her und packte ihn am Oberarm. »Nein, Doro«, rief ich in meiner Aufregung, »nicht Wein und Weiber zugleich. Vergiß nicht, daß wir keine Bauern sind.«

Dann aber holte Ginio uns ein, der sich nicht abschrecken ließ, und zwar zugab, daß die drei Mädchen inzwischen dick und fett geworden seien, aber schließlich gehe man ja nicht deswegen dorthin, sondern nur, um mal singen zu können, und was bedeute es da schon, daß sie jetzt so dick geworden seien? Eine Frau müsse schließlich stattlich sein; er beharrte darauf, zog Doro hinter sich her und sagte: »Du wirst schon sehen, daß Rosa sich daran erinnert.« Wir waren jetzt im Mondschein auf der Landstraße angekommen und redeten allesamt auf Doro ein, der seltsam unentschlossen war.

Schließlich fiel die Entscheidung für Rosa. Biagio hatte giftig geäußert: »Merkst du eigentlich nicht, daß sie dich so von Kalk verdreckt, wie du bist, nicht dabeihaben wollen?« Dafür bekam er eine runtergehauen, daß er drei Schritte weit taumelte und auf den Boden spuckte. Dann war er wie mit einem Schlag verschwunden, und nach einer Weile hörten wir ihn in die Mondstille hineinbrüllen: »Vielen Dank, Herr Ingenieur. Das werde ich Ginios Vater sagen.«

Doro und Ginio hatten sich schon auf den Weg gemacht, und ich mit ihnen. Ich wußte nicht, was ich sagen sollte, denn auch ich schwankte. Wenn ich etwas bedauerte, dann nur, daß dieser dreckige Arbeiter mich bei Doro durch all ihre gemeinsamen Erinnerungen ausstach, die sie auf dem Weg zum Dorf angelegentlich besprachen. Sie redeten ohne Unterlaß, und der rauhe Dialekt genügte, um Doro wieder auf den unverfälschten Geschmack dieses Lebens zu bringen, des Weines, des Fleisches und der Fröhlichkeit, denen er entstammte. Ich fühlte mich als unerwünschten Eindringling. Da nahm ich Doros Arm und drängte mich mit einem Grunzen zwischen sie. Schließlich und endlich hatte ich ja denselben Wein im Leibe.

Wie wir uns unter jenen Fenstern benahmen, war geradezu tollkühn. Mir war klar, daß uns an irgendeiner Ecke des kleinen Platzes Biagio auflauern mußte, und ich sagte das auch zu Doro, der mir nicht einmal zuhörte. Als erster war es Ginio, der im Mondschein mit seinem blöden Grinsen an die wurmstichige Tür klopfte. Vergnügt und aufgeregt flüsterten wir miteinander. Aber nichts regte sich, und die Fenster blieben geschlossen. Da begann Doro zu husten, und Ginio las Steine auf, um sie hinaufzuwerfen. Jetzt bekamen wir Streit, denn ich sagte, Ginio werde noch die Scheiben einschlagen, und zu guter Letzt machte Doro allem Zaudern dadurch ein Ende, daß er ein schreckliches, tierisches Geheul anstimmte, das auf- und abschwoll wie das Gejohle, mit dem die Betrunkenen auf dem Land ihren gemeinsamen Gesang beenden. Die schweigende Mondnacht schien zu erschauern. In der Ferne in wer weiß welchen Höfen begannen Hunde wütend zu bellen.

Türen schlugen, Fensterläden quietschten. Auch Ginio fing an, etwas zu grölen, das an das Lied von vorhin erinnerte, aber Doros Stimme gesellte sich sofort zu der seinen und übertönte sie. Von der anderen Seite des Platzes rief jemand etwas herüber, hinter dem Fenster blitzte ein Licht auf. Wir verstummten. Kaum aber begann eine Flut von Beschimpfungen und Drohungen sich über uns zu ergießen, stürzte der Arbeiter sich wieder auf die Tür und bearbeitete sie mit Fußtritten und Faustschlägen. Doro packte mich an der Schulter und zog mich in den Schatten des Nachbarhauses.

»Laß mal sehen, ob sie ihm Wasser über den Kopf schütten«, flüsterte er mir lachend mit heiserer Stimme zu. »Ich würde ihn zu gern klatschnaß sehen wie eine Gans.«

Ganz in der Nähe bellte ein Hund; ich begann mich zu schämen. Wir gaben jetzt Ruhe, selbst Ginio, der seinen nackten Fuß mit beiden Händen umklammerte und wie eine Heuschrecke auf dem Pflaster herumhüpfte. Sobald wir still waren, verstummten auch die Stimmen an den wenigen Fenstern. Das Licht verschwand. Nur hin und wieder bellte noch ein Hund. In diesem Augenblick hörten wir, wie über uns vorsichtig ein Laden geöffnet wurde.

Ginio ließ sich zwischen uns auf den Boden fallen. »Die haben aufgemacht«, wisperte er dicht vor unseren Gesichtern. Ich stieß ihn zurück, weil mir einfiel, wie mehlbestäubt er war.

»Los, gib dich zu erkennen«, forderte Doro ihn

trocken auf. Ginio schaute hinauf und rief. Ich spürte seinen kalten, rauhen Hals unter meiner Hand. »Jetzt müssen wir singen«, sagte er zu Doro. Aber Doro achtete nicht auf ihn, sondern pfiff leise, wie man einem Hund pfeift. Dort oben wurde getuschelt.

»Los, gib dich zu erkennen«, sagte Doro noch einmal und versetzte Ginio einen Stoß, daß er in das Mondlicht hinaustaumelte.

Als Ginio immer noch lachend ins Helle gewankt war, hob er seinen Ellenbogen, um sein Gesicht vor einem möglicherweise zu erwartenden Geschoß zu schützen. Am Fenster blieb alles still. Da verhedderte er sich mit einem Fuß in seiner schlotternden Hose und wäre beinahe gefallen. Er stolperte und setzte sich auf den Boden.

»Rosina, he, Rosina«, rief er mit weit aufgerissenem Mund, aber mit gepreßter Stimme. »Wißt Ihr, wer hier ist?«

Von oben hörte man leises Lachen, das aber sofort wieder verstummte.

Wieder schnellte Ginio wie ein Aal davon, diesmal auf dem harten Boden. Er stützte die Hände hinter sich auf, und mit ein paar Überschlägen war er zurück im Schatten. Doro war schon aufgestanden und schickte sich an, ihm einen Fußtritt zu versetzen. Aber blitzschnell war Ginio auf den Füßen, machte einen Satz und rief: »Doro ist da, Doro von den Ca Rosse. Er ist aus Genua gekommen, um Euch zu besuchen.« Er schien den Verstand verloren zu haben.

Oben rührte sich etwas, Fensterscheiben klirrten und blitzten auf; dann tat es einen dumpfen Schlag gegen die Tür, die sich öffnete und so das Weiß des Mondlichts, das sie überflutete, zerriß. Überrascht blieb Ginio zwei Schritte von der Tür entfernt wie angewurzelt stehen. Ein untersetzter Mann in Hemdsärmeln erschien auf der Schwelle.

Genau in diesem Augenblick erscholl von der anderen Seite des Platzes eine schrille, unverschämte Stimme – Biagios Stimme –, die brüllte: »Marina, mach nicht auf, die sind sternhagelbesoffen.« Vom Fenster ertönten Rufe und Getrappel; undeutlich erkannte ich Arme, die dort herumfuchtelten.

Aber schon waren der Mann und Ginio vor dem Haus aufeinander losgegangen, rangen keuchend miteinander, zerrten sich hierhin und dorthin und hechelten dabei wie tollwütige Hunde. Der Mann trug schwarze Hosen mit roten Litzen. Doro, der mich an der Schulter zurückhielt, ließ plötzlich los und stürzte sich auf das Menschenknäuel. Blindlings versetzte er ihnen von allen Seiten Fußtritte und versuchte, sich zwischen sie zu drängen. Dann trat er zurück und stellte sich unter das Fenster. »Bist du Rosina oder Marina?« fragte er und schaute dabei hinauf. Er bekam keine Antwort. »Bist du Rosina oder Marina?« brüllte er mit dem Fuß auf der Schwelle.

Es folgte ein Poltern, etwas war heruntergefallen; wie sich später herausstellte, ein Blumentopf. Doro sprang zur Seite, schaute aber immer noch hinauf, wo sich jetzt mindestens zwei Frauen bewegten. »Das haben wir nicht absichtlich getan«, ließ sich eine gereizte Frauenstimme in einem Ton vernehmen, der keinerlei Widerspruch duldete. »Hat er Euch weh getan?«

»Wer spricht dort?« rief Doro hinauf.

»Ich bin Marina«, sagte eine weniger energische Stimme in bittendem Ton. »Habt Ihr Euch weh getan?«

Da trat auch ich aus dem Schatten, um mich einzumischen. Ginio und der Mann hatten sich losgelassen, liefen umeinander herum und schlugen unter lautem Grunzen mit der flachen Hand aufeinander ein. Aber in zwei Sätzen war der Carabiniere sofort wieder an der Tür, riß Doro davon fort und stieß ihn zurück. Die Frauen oben kreischten.

Wieder öffneten sich rings um den kleinen Platz Fenster, von allen Seiten erschollen ärgerliche und wütende Stimmen. Der Mann hatte die Tür wieder geschlossen, und man hörte, wie er in aller Eile den Holzbalken vorlegte. Über unseren Köpfen wollten Flüche und Klagen kein Ende mehr nehmen, die aber von der scharfen Stimme einer der beiden Frauen noch übertönt wurden. Ich hörte – und das ernüchterte mich endgültig –, wie Doros Name von Fenster zu Fenster lief. Ginio rüttelte von neuem vergeblich an der Tür. Aus den Fenstern begann es, über den Platz hinweg, Äpfel und noch härtere Geschosse – Pfirsichsteine – auf uns einzuhageln, und als Doro Ginio packte, um ihn fortzuzerren, zuckte an dem Fenster über uns ein Blitz auf. Ihm folgte ein lautes Krachen, das uns alle miteinander verstummen ließ.

Clelia erzählte ich am ersten Abend bei einem gemeinsamen Spaziergang am Meer soviel wie möglich von Doros Unternehmung, das heißt also fast gar nichts. Gleichwohl entlockte ihr das Ausgefallene der ganzen Angelegenheit ein schmollendes Lächeln. »Ihr seid doch wirklich Egoisten«, sagte sie. »Und ich habe mich hier gelangweilt. Warum habt ihr mich nicht mitgenommen?«

Als wir am Nachmittag nach unserem Ausflug bei ihr eintrafen, gab Clelia kein Zeichen von Überraschung von sich. Ich hatte sie mehr als zwei Jahre nicht gesehen. Braun und sonnenverbrannt trafen wir sie in Shorts auf den Stufen vor ihrer Villa an. Mit einem sicheren Lächeln reichte sie mir die Hand, und ihre Augen wirkten in ihrem braungebrannten Gesicht entschiedener und härter als früher. Sofort hatte sie begonnen von dem zu sprechen, was wir am nächsten Tag machen würden. Mir zu Ehren verschob sie ihren Gang an den Strand. Im Scherz empfahl ich ihr angelegentlich Doro, der müde sei, und ließ die beiden dann allein, damit sie sich aussprechen konnten. An diesem ersten Abend machte ich mich auf die Zimmersuche und fand in einem abgelegenen Gäßchen etwas Geeignetes. Das Fenster dieses Zimmers ging auf einen großen gewundenen Olivenbaum hinaus, der auf unerklärliche Weise mitten aus dem Pflaster wuchs. Wenn ich in Zukunft allein nach Hause kam, sah ich diesen Baum oft gedankenvoll an, und vielleicht ist es sein Anblick, der mir von diesem Sommer am deutlichsten im Gedächtnis geblieben ist. Von unten sah er knorrig und dürr aus; schaute ich aber aus meinem Fenster, so wirkte er wie ein kompakter silberner Block aus vertrockneten, aufgerollten Blättchen. Er gab mir das Gefühl, auf dem Land zu sein, in einer unbekannten Landschaft, und häufig schnupperte ich, ob er nicht nach Salz röche. Denn es ist mir immer seltsam vorgekommen, daß am äußersten Saum der Küste, zwischen Land und Meer, Bäume und Blumen wachsen und Trinkwasser sprudelt. Zu meinem Zimmer kam man über eine steile, verwinkelte Steintreppe außen am Haus. Während ich mich wusch und rasierte, ging unter mir im Erdgeschoß immer wieder ein Heidenlärm los, Stimmen erscholllen, unter ihnen auch einige Frauenstimmen, von denen nicht klar war, ob sie fröhlich oder zornig klangen. Beim Hinuntergehen schaute ich durch die Gitter vor den Fenstern, aber in der Abenddämmerung waren die Räume schon dunkel. Erst als ich mich schon entfernt hatte, übertönte eine Stimme wie in einem Solo die anderen, eine kräftige, frische Stimme, die ich nicht identifizieren konnte, aber schon gehört hatte. Diese Unsicherheit hätte mich beinahe veranlaßt, wieder umzukehren, als mir in den Sinn kam, daß wir letzten Endes ja Nachbarn waren und daß man die Bekanntschaft von Nachbarn immer noch früh genug macht.

»Doro ist im Wald«, erzählte mir Clelia am Abend, als wir über den Strand gingen. »Er malt das Meer.« Sie wandte sich beim Gehen zur Seite und ließ ihre Augen weit umherschweifen. »Und das lohnt sich wirklich. Schauen Sie es sich nur mal an.«

Wir sahen auf das Meer hinaus, und ich sagte ihr, ich könne nicht begreifen, warum sie sich langweile. Clelia antwortete lachend: »Erzählen Sie mir doch von dem kleinen Kerl im Mondschein. Was schrie er denn? Auch ich habe gestern nacht zum Mond hinausgeschaut.«

»Vermutlich schnitt er Grimassen. Vier Betrunkene sind doch wahrhaftig nichts, was Sie zum Lachen bringen könnte.«

»Wart ihr denn alle betrunken?«

»Offenbar.«

»Ihr seid doch die reinsten Kinder.«

Zwischen uns beiden wurde die Nacht mit Ginio zur stehenden Redensart, und ich brauchte nur auf den kleinen weißen Mann und seine Purzelbäume anzuspielen, damit Clelia vor Heiterkeit strahlte. Als ich ihr aber an diesem Abend erzählte, daß Ginio kein kahlköpfiger alter Mann war, sondern ein Altersgenosse von Doro, verzog sie enttäuscht das Gesicht. »Warum haben Sie mir das verraten? Damit haben Sie alles verdorben. Ist er denn ein Bauer?«

»Genau gesagt, ein Maurer.«

Clelia seufzte.

»Schließlich kennen Sie das Dorf doch auch«, fuhr ich fort. »Sie können sich ihn also vorstellen. Wenn Doro zwei Türen weiter zur Welt gekommen wäre, wären Sie vielleicht zu dieser Stunde Ginios Frau.«

»Wie entsetzlich«, antwortete Clelia lächelnd.

Als wir am späten Abend mit dem Nachtessen auf dem Balkon fertig waren, Doro schweigend in seinem Sessel rauchte und Clelia fortgegangen war, um sich zum Ausgehen umzuziehen, wollte mir unsere Unterhaltung von vorhin nicht aus dem Sinn. Wir hatten von einem gewissen Guido gesprochen, einem vierzigjährigen, unverheirateten Kollegen von Doro, den ich schon in Genua kennengelernt und jetzt am Strand wieder in Clelias Freundeskreis angetroffen hatte. Dabei kam heraus, daß sie die Autofahrt, bei der sie durch Doros Dorf gekommen waren, mit ihm zusammen gemacht hatten. Von der drolligen Erinnerung plötzlich übermannt, ließ Clelia sich nicht lange bitten, sondern erzählte die ganze Geschichte dieser Fahrt, und während sie sprach, wirkte sie, als beantworte sie eine Frage, die ich nicht an sie gerichtet hatte. Sie waren damals von irgendeiner Fahrt ins Gebirge zurückgekommen, am Steuer saß Freund Guido, und Doro hatte gefragt: »Wißt ihr eigentlich, daß ich vor dreißig

Jahren zwischen diesen Höhen auf die Welt gekommen bin?«

Dann hatten alle, vor allem aber Clelia, Guido so lange in den Ohren gelegen, bis er sich bereit erklärte, einen Abstecher dort hinauf zu machen. Das war reiner Wahnsinn, denn man mußte dem Wagen, der hinter ihnen herfuhr, Bescheid geben, daß es spät werden würde, und dieser Wagen kam und kam nicht. Sie warteten an der Abzweigung über eine Stunde auf ihn; als er dann schließlich eintraf, wurde es schon Nacht, und so mußten sie, nachdem sie im Dorf vorzüglich gegessen hatten, auf geheimnisvollen Sträßchen ohne Schilder bergauf fahren, wer weiß wie viele Höhen überqueren und kamen erst gegen Morgen wieder auf die Straße nach Genua. Doro hatte sich neben Guido gesetzt, weil nur er sich hier auskannte, und niemand hatte schlafen können. Der reine Wahnsinn.

Jetzt in Clelias Abwesenheit fragte ich Doro, ob sie Frieden gemacht hätten. Dabei dachte ich: Die brauchten eben ein Kind. Aber dieses Thema hatte ich mit Doro immer nur im Scherz berührt. »Frieden kann man nur schließen, wenn man zuvor Krieg geführt hat«, antwortete er mir jetzt. »Und bei was für einem Krieg hast du mich je beobachtet?« Zunächst schwieg ich. Denn bei aller Vertrautheit zwischen Doro und mir hatten wir doch nie über Clelia gesprochen. Ich war drauf und dran, ihm zu erklären, sich in einen Zug zu setzen und fortzufahren, könne einem Krieg gleichkommen, zögerte aber, und in diesem Augenblick rief Clelia nach mir.

»Wie ist Doros Laune?« fragte sie mich durch die angelehnte Tür ihres Zimmers.

»Gut«, stammelte ich, ohne hineinzugehen.

»Wirklich?«

Clelia, die sich gerade frisierte, kam an die Tür. Ihre Augen suchten mich im Halbdunkel, in dem ich wartete. »Wie, ihr seid Freunde, und Sie wissen nicht, daß Doro sich nur widerspruchslos aufziehen läßt, wenn er gereizt und verärgert ist?«

Da versuchte ich es bei ihr: »Habt ihr denn noch nicht Frieden gemacht?«

Clelia zog sich zurück und schwieg. Dann kam sie fix und fertig wieder zum Vorschein und fragte: »Warum machen Sie denn kein Licht?« Sie nahm meinen Arm, und wir gingen so durch das halbdunkle Zimmer. Als wir gerade ins erleuchtete Treppenhaus hinaustreten wollten, drückte Clelia meinen Arm und flüsterte: »Ich bin so verzweifelt. Ich wünschte, Doro wäre oft mit Ihnen zusammen, weil ihr doch Freunde seid. Ich weiß, daß Sie einen guten Einfluß auf ihn haben und ihn auf andere Gedanken bringen...«

Ich wollte stehenbleiben, um etwas zu sagen.

»Nein, gezankt haben wir uns nicht«, sagte Clelia hastig. »Und eifersüchtig ist er auch nicht. Und auch nicht böse auf mich. Er hat sich nur so verändert. Wir können nicht Frieden machen, weil wir uns nie gestritten haben. Verstehen Sie das? Aber sagen Sie ihm bloß nichts.«

An diesem Abend landeten wir, wie immer in Guidos Wagen, nach einer Fahrt über eine kurvenreiche Straße, die von Sommerfrischlern nur so wimmelte, in einem Lokal hoch über dem Meer. Eine Kapelle spielte, und einige Leute tanzten. Aber der eigentliche Reiz des Ortes bestand in Tischchen mit verhängten Lampen, die steil über dem Meer auf Felsvorsprüngen standen. Ein Duft von Blüten und aromatischen Kräutern vermischte sich mit der Brise, die vom Meer kam, und wenn man sich hinauslehnte, sah man, winzig klein in der Tiefe, die Lichterketten der Küste.

Ich versuchte, mit Clelia allein zu sein, brachte es aber nicht dazu. Bald hatte ich Doro, bald Guido, bald eine von Clelias Freundinnen neben mir, einzelne, ständig wechselnde Personen, mit denen man keine Unterhaltung beginnen konnte, weil sie sich von Tanz zu Tanz ablösten. Clelia ihrerseits wurde dauernd aufgefordert.

Schließlich kam der Augenblick, in dem ich ihr zu ihrer freudigen Überraschung sagte: »Ich tanze auch.«

Ich nahm sie ganz einfach bei der Hand und führte sie unter die Pinien außerhalb der Umfriedung. »Hier können wir uns setzen«, sagte ich, »und Sie erklären mir jetzt diese ganze Geschichte.«

Ich bemühte mich, aus ihr herauszubekommen, warum sie sich nicht mit Doro stritt. Man müsse eine Krise herbeiführen, sagte ich ihr, so wie man eine Uhr schüttele, um sie wieder in Gang zu bekommen, und ich weigere mich zu glauben, eine Frau wie sie könne nicht durch den bloßen Klang ihrer Stimme einen Mann, der ja schließlich noch Knabenstreiche begehe, zur Aufrichtigkeit zwingen.

»Aber Doro ist doch aufrichtig«, entgegnete Clelia. »Er hat mir sogar von dem Ständchen erzählt, das ihr Rosina gebracht habt. Hat ihm das eigentlich Spaß gemacht?«

Ich glaube, daß ich – mehr aus Ärger als aus Verlegenheit – errötete.

»Und auch ich bin aufrichtig«, fuhr Clelia lächelnd fort. Ihre Stimme bekam jetzt einen schmollenden Klang. »Freund Guido behauptet sogar, es sei mein Fehler, mit allen zu aufrichtig zu sein und so niemandem die Illusion zu lassen, daß nur er ein Geheimnis mit mir teile. Der Gute! Aber so bin ich nun mal. Und deshalb habe ich mich in Doro verliebt...«

Hier hielt sie inne und warf mir einen flüchtigen Blick zu. »Finden Sie mich eigentlich unfair?«

Das berührte mich unangenehm, und ich gab ihr keine Antwort. Clelia schwieg, dann begann sie von neuem: »Sehen Sie, ich habe recht, aber ich bin eben unfair. Ich bin ebenso unfair wie Doro. Deshalb lieben wir uns.«

»Dann macht doch Frieden. Was sollen denn all die Geschichten?« Jetzt begann Clelia auf ihre kindliche Art vor sich hin zu jammern. »So, nun machen auch Sie es wie alle anderen. Verstehen Sie denn nicht, daß wir uns nicht zanken können? Wir lieben uns. Wenn ich ihn so hassen könnte wie mich selbst, ja, dann würde ich ihn quälen. Aber das hat keiner von uns beiden verdient. Verstehen Sie das?«

»Nein.«

Clelia schwieg, und wir hörten den Kies knirschen, hörten, wie die Kapelle zu spielen aufhörte und jemand zu singen begann.

»Was hat Ihnen denn Ihr Guido geraten?« fragte ich im Ton von vorhin.

Clelia zuckte die Achseln. »Guido ist ein parteiischer Ratgeber. Er macht mir doch den Hof.«

»Rät er Ihnen etwa, vor Doro ein Geheimnis zu haben?«

»Ihn eifersüchtig zu machen«, antwortete Clelia betreten. »So ein Narr. Er versteht nicht, daß Guido mich machen ließe und im stillen litte.«

Hier kam eine Freundin aus ihrer Gruppe, die Clelia suchte, nach ihr rief und lachte. Ich blieb allein auf der Bank sitzen. Dabei kostete ich im

Bewußtsein, daß wenige Schritte von mir entfernt außerhalb des Schattens Menschen sich tummelten, lachten und tanzten, mein Abseitsstehen mit der gewohnten trotzigen Lust aus. Zudem fehlte es mir ja nicht an Stoff, um nachzudenken. Ich zündete meine Pfeife an und rauchte sie ganz bis zu Ende. Dann stand ich auf und schlenderte zwischen den Tischen hindurch, bis ich auf Doro stieß. »Wollen wir an der Bar ein Gläschen trinken?« schlug ich ihm vor.

»Nur damit ich weiß, woran ich bin«, begann ich, sobald wir allein waren, »darf ich deiner Frau eigentlich erzählen, daß wir uns am nächsten Morgen schleunigst aus dem Staub machen mußten, um nicht verprügelt zu werden?«

Wir lachten darüber, und Doro fragte beinahe schmunzelnd: »Hat sie dich danach gefragt?«

»Nein, ich frage dich danach.«

»Aber ich bitte dich. Erzähl ihr doch, was du willst.«

»Habt ihr denn nicht Krach miteinander?«

Doro hob sein Glas und starrte mich nachdenklich an. »Nein«, antwortete er ruhig.

»Und wie kommt es dann«, fuhr ich fort, »daß Clelia dich von Zeit zu Zeit mit zwei ängstlichen Hundeaugen anschaut? Sie macht dann den Eindruck einer geprügelten Frau. Hast du sie verprügelt?«

In diesem Augenblick rief Clelia, die mit irgendwem über die Tanzfläche wirbelte, uns »Na, ihr Säufer« zu und winkte uns mit einer Hand einen Gruß zu. Doros Augen folgten ihr, versonnen nickte er ihr zu, bis sie hinter dem Rücken ihres Tänzers verschwand.

»Wie du siehst, ist sie durchaus guter Dinge«,

sagte er leise, »warum sollte ich sie auch verprügeln? Wir vertragen uns besser als viele andere. Sie hat mir nie ein böses Wort gegeben. Selbst über unsere Vergnügungen sind wir uns einig, was bekanntlich am schwierigsten ist.«

»Ich weiß, daß sie sich mit dir verträgt.« Ich blieb stehen.

Doro gab keine Antwort. Beklommen schaute er auf sein Glas, das er mit gesenktem Kopf ein bißchen von sich forthielt, dann leerte er es hastig und wandte sich dabei halb zur Seite, wie wenn man sich in Gesellschaft räuspert.

»Das Schlimme ist«, sagte er in abschließendem Ton und brach von der Bar auf, »daß wir miteinander zu vertraut sind. Manche Dinge sagt der eine nur, um dem anderen eine Freude zu machen.«

Clelia und Guido kamen zwischen den Tischen auf uns zu.

»Meinst du mich damit?« fragte ich.

»Dich auch«, murmelte Doro.

Als ich ans Meer kam, hatte ich befürchtet, meine Tage zwischen Unbekannten verbringen, Hände schütteln, mich bedanken und in einer wahren Sisyphusarbeit Konversationen in Gang bringen zu müssen. Statt dessen führten Clelia und Doro, abgesehen von den unvermeidlichen Abenden mit der Clique, ein eher zurückgezogenes Leben. So aß ich zum Beispiel jeden Abend in der Villa, und die Freunde erschienen erst bei Anbruch der Dunkelheit. Unser Trio ließ es nicht an gegenseitiger Herzlichkeit fehlen, und obgleich wir alle drei hinter unserer Stirn unruhige Gedanken verbargen, sprachen wir über viele Dinge sehr offenherzig miteinander.

Bald hatte ich Abenteuer zu erzählen – Geschwätz aus der Wirtschaft, in der ich zu Mittag aß, seltsame Gedanken und merkwürdige Zufälle, wie das Leben am Meer sie mit sich bringt. Wem die Stimme gehörte, die ich am ersten Abend hinter den Fenstergittern vernommen hatte, als ich die Treppe hinunterkam, hatte sich schon am nächsten Tag herausgestellt. Am Strand kam mir ein junger Mann entgegen, der mir mit der Hand freundlich einen Gruß zuwinkte und weiterging. Ich erkannte ihn erst, als er vorüber war. Es handelte sich um niemand anderen als einen Schüler aus dem vergangenen Jahr, der eines Tages ohne jede Erklärung nicht mehr zu seiner Nachhilfestunde in mein Arbeitszimmer gekommen war und den ich seither nicht mehr zu Gesicht bekommen hatte. Als ich mich noch am selben Morgen in der Sonne braten ließ, plumpste neben mir ein schwarzer, kräftiger Körper in den Sand: wieder war er es. Er lächelte, daß man alle seine Zähne sehen konnte, und fragte mich, ob ich zum Baden hierhergekommen sei. Ich antwortete, ohne den Kopf zu heben. Ich hatte mich gerade vom Sonnenschirm meiner Freunde entfernt und gehofft, allein zu bleiben. Ohne Umschweife erzählte er mir, ihn habe es nur durch Zufall an diese Küste verschlagen, er fühle sich hier aber sehr wohl. Auf die Sache mit der Nachhilfestunde kam er nicht zurück. Um ihn zu ärgern, sagte ich, ich hätte seine Angehörigen am Abend zuvor streiten hören. Wieder lächelte er und erwiderte, das sei nicht möglich, denn seine Familie sei nicht hier. Aber er gab zu, in einer Straße mit einem Olivenbaum zu wohnen. Dann stand er auf, um fortzugehen, und murmelte dabei etwas von Gesellschaft, die ihn erwarte. An diesem Abend streckte ich meinen Kopf in das Erdgeschoß, aus dem es durchdringend nach Gebratenem roch, und sah dort Kinder, eine Frau mit einem Tuch um den Kopf, ein ungemachtes Bett und einen Herd. Da sie mich ohnehin gesehen hatten, fragte ich nach ihm, und die Frau – meine eigene Zimmerwirtin – kam an die Tür, ein Wort gab das andere, und schließlich pries sie den Himmel, daß ich ihren Mieter kannte, denn sie bereue es inzwischen, ihn aufgenommen zu haben, und wolle seinen Eltern schreiben, herzensguten Leuten, die ihren Sohn ans Meer geschickt hätten, damit er mal herauskomme. Er aber habe gerade am Abend zuvor nichts Besseres zu tun gehabt, als eine Frau mit auf sein Zimmer zu nehmen. »Das sind so Sachen«, sagte sie, »und dabei ist er noch keine achtzehn Jahre alt.«

Diese Geschichte erzählte ich Clelia und Doro und beschrieb den Besuch, den Berti mir am Morgen darauf oben an der Treppe gemacht hatte, wobei er mir die Hand entgegengestreckt und gesagt hatte: »Da Sie ja nun ohnehin wissen, wo ich wohne, wollen wir lieber gut Freund sein.«

»Du wirst es noch erleben, daß der dein Zimmer haben will«, meinte Doro.

Von Clelias Aufmerksamkeit ermutigt, sprach ich weiter. Ich begann zu erklären, daß Bertis Unverschämtheit im Grunde Schüchternheit sei, die sich zum Selbstschutz in Aggressivität verkehre. Im Jahr zuvor habe dieser Junge, ehe er verschwand und vermutlich das Geld verjuxte, das er mir hätte bezahlen sollen, ausgesprochen schüchtern gewirkt und mich immer mit einer verlegenen Verbeugung begrüßt. Nun sei ihm zugestoßen, was eigentlich jedem zustoße: die Wirklichkeit habe sich in ihr

Gegenteil verkehrt. Wie bei zarten Seelen, die sich bärbeißig geben.

»Ich beneidete ihn damals«, schloß ich, »denn so kindlich, wie er noch war, konnte er sich noch Illusionen über seine wahre Natur machen.«

»Ich nehme an«, äußerte Clelia, »daß ich dann einen verschlossenen, mißtrauischen und bösartigen Charakter haben muß.«

Doro lächelte, ohne etwas zu sagen. »Doro glaubt das nicht«, fuhr ich fort, »aber auch er gibt sich nur dann schroff, wenn er am liebsten weinen möchte.«

Das Stubenmädchen, das gerade unsere Teller wechselte, hielt dabei inne, um zuzuhören. Dann errötete es und machte hastig weiter. »Er war schon als Junge so. Ich erinnere mich gut daran. Er gehörte zu denen, die es schon übelnehmen, wenn man sie nur fragt, wie es ihnen geht.«

»Wenn das stimmte, wäre es leicht, die Menschen zu verstehen«, meinte Clelia.

Derartige Gespräche nahmen ein Ende, sobald nach dem Essen die anderen erschienen. Dann kam der unvermeidliche Guido, der seinen Wagen nur zum Kartenspielen verließ, es kamen einige Damen, ein paar Mädchen und ab und zu ein Ehemann – alles in allem die Genueser Clique. Für mich war es keine Neuigkeit, daß mehr als drei Personen zur Masse werden und daß man dann keine einigermaßen lohnende Unterhaltung mehr führen kann. Da waren mir beinahe die Nächte noch lieber, wenn man auf der Suche nach einem kühlen Platz im Wagen an der Küste entlangfuhr. Dann konnte ich nämlich, wenn alle tanzten, an dem oder jenem Aussichtspunkt mit Doro oder Clelia ein paar Worte wechseln oder einer der Damen umständlich irgendwelche Torheiten erzählen. Ein Glas Wein und der frische Wind vom Meer genügten dann, damit ich mich wieder wohl fühlte.

Tagsüber am Strand lagen die Dinge anders. Halbnackt ist man seltsam vorsichtig in dem, was man redet. Die Worte bekommen einen anderen Klang, und sogar wenn man schweigt, ist es manchmal so, als entsprängen der Stille selbst zweideutige Worte. Ausgestreckt auf dem Felsen liegend genoß Clelia die Sonne auf eine geradezu ekstatische Weise und antwortete allenfalls mit einem Murmeln, einem Seufzen oder dem Zucken eines Knies oder eines Ellenbogens auf die wenigen Worte dessen, der neben ihr lag. Bald merkte ich, daß Clelia, wenn sie so dalag, im Grunde überhaupt nicht zuhörte. Doro, der das wußte, sprach sie darum gar nicht an. Düster und unruhig saß er auf seinem Handtuch und legte die Hände um seine angezogenen Knie; nie streckte er sich wie Clelia aus; und wenn er es manchmal versuchte, begann er schon kurz darauf, sich hin- und herzuwälzen, sich auf den Bauch zu drehen oder wieder aufzusetzen.

Aber allein war man nie. Der ganze Strand war ein einziges Wimmeln und Lärmen. Darum gab Clelia den Felsen mit ihrem harten, glitschigen Gestein den Vorzug vor dem allgemeinen Sandstrand. Wenn sie sich aufsetzte und benommen und lachend ihr Haar schüttelte, fragte sie uns, wovon wir gerade gesprochen hätten, und schaute sich um, wer da war. Freundinnen, Guido, die ganze Gesellschaft. Die einen kamen gerade aus dem Wasser, die anderen gingen vorsichtig hinein. Guido in seinem weißen Bademantel erschien mit immer neuen Bekannten, die er aber kurz vor dem Sonnenschirm verabschiedete. Dann kletterte er auf den Felsen, neckte Clelia und ging niemals ins Wasser.

Am schönsten war es kurz nach Mittag oder bei Sonnenuntergang, wenn die Wärme oder die Farbe des Wassers selbst die Widerstrebendsten zum Baden oder zu einem Strandspaziergang verlockten und man allein oder allenfalls mit Guido, der liebenswürdig daherplauderte, zurückblieb. Doro, dem seine Malerei ein schwermütiges Vergnügen bereitete, stellte seine Staffelei manchmal auf die Felsen und malte Boote, Sonnenschirme, Farbflecke. Dabei begnügte er sich damit, uns von dort oben zuzuschauen und unserem Geschwätz zuzuhören. Manchmal kam jemand von unserer Clique im Boot vorbei, legte vorsichtig an und rief nach uns. In der Stille, die darauf folgte, lauschten wir dem Geplätscher des Wassers zwischen den Felsen.

Freund Guido behauptete ständig, dieses Plätschern sei Clelias geheime Leidenschaft, um derentwillen sie uns alle betröge. »Das kann ich nicht finden«, antwortete Clelia, »ich lausche ihm nackt in der Sonne liegend, und wer will, kann uns sehen.« – »Wer weiß«, meinte Guido, »wer weiß, was eine Frau wie Sie sich alles von den Wellen erzählen läßt. Ich kann mir nur zu gut vorstellen, was ihr euch zuvor bei eurer Umarmung sagt.«

Doros Seestücke – er malte in diesen Tagen zwei – waren in blassen, verschwebenden Farben gehalten, als dämpfe die blendende und betäubende Glut von Sonne und Luft seine Pinselstriche. Ab und zu kletterte jemand zu Doro hinauf, stellte sich hinter ihn, folgte den Bewegungen seiner Hand und gab ihm Ratschläge. Doro antwortete nicht darauf. Zu mir sagte er einmal, jeder vertreibe sich eben die Zeit, so gut er könne. Ich versuchte ihm vorzuschlagen, nicht mehr nach der Natur zu malen, denn das Meer sei doch noch schöner als seine kleinen Bilder.

Man brauche es ja nur anzuschauen. An seiner Stelle und mit seiner Begabung würde ich Porträts malen. Denn die Leute zu durchschauen, gebe doch eine wirkliche Befriedigung. Dann lachte Doro und erklärte, sobald der Sommer vorüber sei, klappe er seinen Malkasten zu und verschwende keinen Gedanken mehr an ihn.

Als wir eines Abends wieder einmal unsere Späße darüber gemacht hatten und mit Doro zusammen zu dem Café gingen, wo wir unseren Aperitif zu trinken pflegten, bemerkte Freund Guido in seinem schmeichlerischen Ton, niemand hätte je geahnt, daß unter der harten Schale des dynamischen Geschäftsmanns in Doro die Seele eines Künstlers schlummere. »Schlummern ist gut gesagt«, antwortete Doro gelassen und unbekümmert. »Ja, was schlummert nicht alles unter unserer Schale. Man müßte nur den Mut haben, aufzuwachen und zu sich selbst zu finden. Oder wenigstens darüber zu sprechen. Man spricht zu wenig in dieser Welt.«

»Nur heraus damit«, sagte ich zu ihm. »Was für eine Entdeckung hast du denn gemacht?«

»Gar keine Entdeckung. Aber erinnerst du dich noch daran, wie viele Worte wir als Jungen gemacht haben? Man redete nur, um zu reden. Und wir wußten genau, daß das alles leere Worte waren, und doch hatten wir unsere Freude daran.«

»Doro, Doro, du wirst alt. Überlaß das jetzt den Kindern, die du nicht hast.«

Da begann Guido zu lachen, und zwar so von Herzen, daß er dabei ganz kleine Augen bekam. Er hatte Doro den Arm um die Schulter gelegt und stützte sich lachend auf ihn. Wir betrachteten ungläubig seinen halbkahlen Kopf und seine harten Augen eines Schürzenjägers in der Sommerfrische.

»Etwas schlummert auch in Guido«, äußerte Doro, »manchmal lacht er wie verrückt.«

Später fiel mir auf, daß Guido dieses Lachen nur in Männergesellschaft anschlug. Als wir an diesem Abend Doro und Clelia vor dem Tor ihrer Villa abgesetzt hatten, ließen wir den Wagen beim Hotel stehen und gingen zusammen noch ein paar Schritte. Wir schlenderten am Meer entlang. Beinahe ohne es zu wollen, kamen wir auf unsere Freunde zu sprechen. Guido erklärte Doros Reise und seine unerwartete Rückkehr mit seinem unruhigen Künstlerblut. Merkwürdig, wie es Doro gelungen war, alle Welt von dem Ernst seines Spiels zu überzeugen. In dem Kreis, der täglich zusammenkam, wurde sogar davon gesprochen, ob es nicht richtig sei, ihn zu einer Ausstellung zu überreden und ihm nahezulegen, aus seiner Kunst das zu machen, was man einen Beruf nennt. »Aber sicher, das sage ich ihm ja auch immer«, pflegte Clelia in ihrer Flatterhaftigkeit dann zu erklären.

»Das ist doch der schiere Unsinn«, meinte Guido jetzt.

»Aber Doro macht doch nur Spaß«, wandte ich ein.

Guido schwieg für ein paar Schritte – er hatte Sandalen an, und wir wandelten langsam dahin wie zwei Mönche –, dann blieb er stehen und erklärte schroff: »Ich kenne die beiden doch. Ich weiß, was sie tun und was sie wollen. Aber warum Doro Bilder malt, das weiß ich nicht.«

»Was ist denn daran so schlimm? Es macht ihm eben Freude.«

Schlimm daran sei, daß Doro wie alle Künstler seine Frau nicht befriedige. »Wie meinen Sie das?« Er meinte, dermaßen Geist und Nerven anzustrengen, schwäche die Manneskraft, und deshalb erlebe jeder Maler Zeiten schrecklicher Depression.

»Und Bildhauer nicht?«

»Doch, alle Künstler«, brummte Guido vor sich hin, »alle die Narren, die ihr Gehirn überanstrengen und nicht merken, wann es Zeit wäre aufzuhören.«

Wir standen jetzt vor seinem Hotel. Ich fragte ihn, was für ein Leben man denn seiner Ansicht nach führen solle. »Ein gesundes Leben«, antwortete er. »Arbeiten, aber mit Maß und Ziel. Sich amüsieren, essen und plaudern. Aber vor allem sich amüsieren.«

Er stand vor mir, wippte auf seinen Füßen und hielt die Hände auf dem Rücken. Sein Schillerkragen gab ihm das trügerische Aussehen eines Heranwachsenden, der es faustdick hinter den Ohren hat, eines Vierzigjährigen, der durch seinen Müßiggang jung geblieben ist. »Man muß das Leben nur von der richtigen Seite zu nehmen wissen«, sagte er und zwinkerte mir dabei ein bißchen verlegen zu. »Es von der richtigen Seite nehmen, solange man noch jung ist.«

Clelia hatte mir erzählt, Doro schleiche sich jeden Morgen davon, um bei Sonnenaufgang im milchigweißen Meer zu schwimmen. Darum bleibe er dann bis zum Mittag so faul hinter seiner Staffelei. Manchmal gehe sie auch mit, aber morgen nicht, denn dazu sei sie zu müde. Ich versprach Doro, ihm Gesellschaft zu leisten, aber gerade in dieser Nacht konnte ich keinen Schlaf finden. Ich stand im Morgengrauen auf und ging durch die kühlen, menschenleeren Straßen an den Strand, der noch feucht war. Ich hätte gern zugeschaut, wie die aufgehende

Sonne die Bäumchen auf dem Gipfel des Berges vergoldete und ihre Umrisse immer deutlicher werden ließ, aber als ich mich am Strand hinsetzte, sah ich, wie in dem reglosen Wasser ein Kopf sich näherte und schließlich der dunkle Körper eines jungen Mannes tropfend aus dem Wasser auftauchte.

Natürlich kam er und sprach mich an, und dabei rieb er sich, klein und mager, wie er war, mit einem Handtuch trocken. Ich schaute auf das Meer hinaus, ob ich Doros Kopf entdecken könne.

»Warum so allein?« fragte ich.

Er antwortete nicht – er war ganz in das, was er tat, vertieft – und als er fertig war, ließ er sich wenige Schritte von mir entfernt, dem Meer zugewandt, nieder. Ich drehte mich zur Seite, um den goldenschimmernden Berg im Auge zu behalten. Berti stocherte mit den Fingerspitzen in einem kleinen Bündel herum, zog eine Zigarette daraus hervor und zündete sie an. Dann entschuldigte er sich, er habe nur diese einzige bei sich.

Ich äußerte meine Verwunderung darüber, daß er schon so früh auf sei. Berti machte eine vieldeutige Handbewegung und fragte mich, ob ich jemanden erwarte. Ich erwiderte, am Meer erwarte man niemanden. Da streckte Berti sich mit einem Ruck bäuchlings aus, stützte die Ellenbogen auf, rauchte und schaute mich an.

Er erklärte, das Jahrmarktstreiben am Meer, wenn die Sonne scheine, ekele ihn an. Kinder, Sonnenschirme, Ammen, Familien. Wenn es nach ihm gegangen wäre, hätte er das alles verboten. Da fragte ich ihn, warum er dann ans Meer gekommen sei. Er hätte ja auch in der Stadt bleiben können, wo es keine Sonnenschirme gab.

»Gleich geht die Sonne auf«, sagte er und drehte sich nach dem Berg um.

Eine Weile schwiegen wir in der beinahe lautlosen Stille.

»Bleiben Sie noch lange hier?« fragte er mich dann. Ich antwortete, das wisse ich noch nicht, und sah wieder aufs Meer hinaus. Jetzt konnte man in der Ferne undeutlich einen schwarzen Punkt erkennen. Berti schaute ebenfalls hinaus und sagte: »Das ist Ihr Freund. Als ich kam, saß er auf der Boje. Ja, der kann schwimmen. Schwimmen Sie auch?«

Nach einer Weile warf er seine Kippe fort und stand auf.

»Sind Sie heute zu Hause?« fragte er mich. »Ich würde Sie gern sprechen.«

»Du kannst mich auch jetzt sprechen«, antwortete ich und schaute auf.

»Aber Sie erwarten doch Leute.«

Ich sagte ihm, er solle sich nicht so dumm anstellen. Worum es sich handele? Etwa um Nachhilfestunden?

Berti setzte sich wieder und starrte auf seine Knie. Er begann wie bei einem Verhör zu sprechen und stockte jeden Augenblick. Alles in allem erklärte er, er langweile sich, er habe keine Gesellschaft, und er würde sich sehr, sehr gern mit mir unterhalten und mit mir zusammen ein Buch lesen – nein, keine Nachhilfestunden – sondern so lesen, wie ich es manchmal in der Schule getan hätte, mit Erklärungen und anschließender Diskussion, wobei ich ihn viele Dinge lehren könne, von denen ihm bewußt sei, daß er sie nicht wisse.

Unlustig und neugierig spähte ich zu ihm hinüber. Berti gehörte zu den Jungen, die nur in die Schule gehen, weil sie dorthin geschickt werden, und wenn man spricht, schauen sie einen mit schläfrigen, gelangweilten Augen an. Jetzt umschlang er nackt und braungebrannt seine Knie und lächelte unsicher. Wer weiß, ging es mir durch den Sinn, vielleicht sind das die aufgewecktesten Jungen.

Er ging, als Doros Kopf schon beinahe das Ufer erreicht hatte. Unvermittelt stand er auf und sagte: »Auf Wiedersehen.« Zwischen den Kabinen begannen andere Badegäste aufzutauchen, und ich glaubte ihn hinter einem Rock herlaufen zu sehen, der zwischen den Kabinen verschwand. Aber schon kam Doro gebeugt, als gehe er eine Treppe hinauf, glatt und tropfend aus dem Wasser. Sein Kopf mit der Bademütze, durch die er sehr sportlich wirkte, glänzte. Taumelnd und keuchend blieb er vor mir stehen; unter Brustbein und Rippen zuckte es noch vom Schwimmen. Unweigerlich mußte ich an Guido und das denken, was er am Abend zuvor gesagt hatte, und lächelte darüber. Doro riß sich die Mütze vom Kopf und fragte unwirsch: »Was ist?« – »Nichts«, antwortete ich. »Ich dachte an Guido, diesen sonderbaren Burschen, und wie fett er wird. Und deswegen heiratet man nun nicht.«

»Wenn er auch jeden Morgen eine Stunde schwimmen ginge, würde er ein ganz anderer Kerl«, sagte Doro und ließ sich im Sand auf die Knie fallen.

Berti kam mittags im Gasthaus wieder zu mir. In türkisfarbenem Trikot, die Jacke über die Schultern geworfen, blieb er zwischen den Tischen stehen. Ich machte ihm ein Zeichen, er solle nur kommen. Das tat er und nahm im Vorübergehen an einem Tisch einen Stuhl mit; aber die Aufmerksamkeit, mit der ich ihn betrachtete, schüchterte ihn ein; denn er blieb stehen, die Jacke rutschte ihm von den Schultern, und er ließ den Stuhl los, um sie festzuhalten. Ich forderte ihn auf, sich zu setzen.

Diesmal bot er mir eine Zigarette an und begann sofort zu sprechen. Ohne ihn zu unterbrechen, zündete ich meine Pfeife an und ließ ihn ausreden. Er erzählte mir, er habe aus familiären Gründen die Schule verlassen müssen, habe aber noch keine Anstellung gefunden – und jetzt, nachdem er nicht mehr zur Schule gehe, sei ihm, als er mich wiedergesehen habe, klar geworden, daß es etwas für sich habe, wenn man nicht wie ein Schuljunge, sondern aus eigenem Antrieb, weil es einem Spaß macht, lernt. Er behauptete, er beneide mich, denn schon seit einer Weile habe er gemerkt, daß ich nicht nur ein Studienrat, sondern ein sympathischer Mensch sei. Er habe vielerlei mit mir zu besprechen.

»Zum Beispiel?«

Zum Beispiel, warum der Unterricht nicht aus einem Gespräch mit dem Lehrer bestehe, bei dem man vielleicht sogar zusammen spazierengehe. Ob es wirklich nötig sei, Zeit mit ein paar Dummköpfen zu verlieren, die eine ganze Klasse aufhalten könnten?

»Tatsächlich machte dir das Lernen ja so viel Spaß, daß du es nicht bei der Schule bewenden ließest, sondern noch Privatstunden nahmst.«

Berti lächelte und sagte, das sei etwas anderes.

»Und mir tut es leid«, fuhr ich fort, »jetzt zu erfahren, daß deine Eltern keine Millionäre sind. Warum hast du sie eigentlich veranlaßt, Geld für Privatstunden auszugeben?«

Wieder lächelte Berti auf eine zugleich weibische und herablassende Art. Das hat er bei einer Frau gelernt, schoß es mir durch den Kopf.

Berti begleitete mich noch ein Stück – ich wollte

an diesem Tag mit Clelias Freunden einen Ausflug machen – und sagte, er verstehe durchaus, daß ich ans Meer gekommen sei, um mich zu erholen, und er habe auch gar nicht vor, mich zu Privatstunden zu drängen, aber er hoffe doch, daß mir wenigstens seine Gesellschaft nicht lästig sei und er hin und wieder am Strand mit mir plaudern dürfe. Diesmal lächelte ich ihm wie eine Frau zu, ließ ihn mitten auf der Straße stehen und sagte: »Gern, wenn du wirklich allein bist.«

Der Ausflug, den wir an diesem Tag alle zusammen in Guidos Auto unternahmen, nahm ein unglückliches Ende, denn eine von den Frauen, eine gewisse Mara, die mit Guido verwandt war, rutschte beim Brombeerenpflücken an einem Steilhang aus und verletzte sich ein Schultergelenk. Wir waren die gewohnte Straße in die Berge hinaufgefahren, noch über das Nachtlokal und die letzten vereinzelten Villen hinaus, zwischen Pinien und roten Felsen hindurch bis zu dem Hochplateau, hinter dem ich am Morgen die Sonne hatte aufgehen sehen. Als wir die Ärmste zum Auto zurücktransportiert hatten, zeigte sich sofort, daß wir nicht alle wieder mitfahren konnten. Guido, der sich große Sorgen machte, wollte die jammernde Mara auf den Rücksitz betten. So blieb nur noch Platz für Clelia und zwei andere Mädchen, die Doro und mich belustigt anschauten, weil wir beiden wohl oder übel zu Fuß zurückkehren mußten. Nach etwa zweihundert Schritten sahen wir eines von den beiden Mädchen auf einem Kieshaufen sitzen.

Doro beendete eilig unser Gespräch: »Das bedeutet eben, dauernd unter Frauen zu leben.«

Das Mädchen hatte wieder aussteigen müssen, um Mara, die sich das Schultergelenk tatsächlich gebrochen hatte und deswegen schrecklich jammerte, mehr Platz zu machen. Das Los war auf sie gefallen, weil sie das einzig unverheiratete Mädchen in der Gesellschaft war. »Wir gelten nämlich nicht als Frauen«, sagte sie schmollend. »Maras Ferien sind für dieses Jahr zu Ende. Sie bringen sie nach Genua zurück.« Beim Gehen schaute sie uns verstohlen an. Doro lächelte ihr freundlich zu. Sie sprachen ein bißchen über Mara und unterhielten sich darüber, wie ihr Mann die Sache wohl aufnehmen werde, dieser energische Mann, der sein Büro in Sestri nur am Sonntag verließ. »Wahrscheinlich ist er froh, daß seiner Frau das passiert ist«, meinte Doro. »Auf diese Weise wird sie endlich mal einen Sommer mit ihm zusammen verbringen.«

Das Mädchen – es hieß Ginetta – lachte spöttisch. »Glauben Sie das wirklich?« fragte sie und schaute ihn mit ihren grauen Augen herausfordernd an. »Ich weiß genau, daß die Männer es genießen, wenn ihre Frauen nicht da sind. Männer sind doch Egoisten.« Doro begann zu lachen. »Das sind ja schöne Weisheiten, Ginetta. Ich möchte wetten, daß Mara in diesem Augenblick nicht daran denkt.« Dann schaute er zu mir herüber. »Sowas können auch nur Kinder oder Junggesellen behaupten.«

»Ich behaupte ja gar nichts«, protestierte ich.

Ginetta war ein hübsches Mädchen, das energisch ausschritt und die Angewohnheit hatte, sein Haar wie eine Mähne zurückzuwerfen. Sie wollte gerade noch etwas sagen, als Doro ihr zuvorkam.

»Wird Umberto denn dieses Jahr kommen?«

»Junggesellen sind doch alle Heuchler«, erklärte sie und antwortete dann: »Ich weiß es nicht.«

»Du hast es ja wirklich schlecht getroffen, Ginetta. Heiratest einen Junggesellen, der dich schon jetzt allein läßt. Wer weiß, was er dir später erst bieten wird.«

Mit dem Lachen kämpfend schaute Ginetta vor sich hin und schüttelte ihre Mähne.

»Im allgemeinen ist ein Ehemann zuvor ein Junggeselle gewesen«, warf ich jetzt gelassen ein, »einmal muß man ja schließlich anfangen.«

Aber Ginetta sprach von Umberto. Sie erzählte uns, er schreibe, nachts heulten die Hyänen so laut wie Kinder, die nicht schlafen gehen wollen. Liebe Ginetta, schreibe er ihr, wenn unsere Kinder später so einen Heidenlärm machen, dann ziehe ich ins Hotel. Und er behaupte, die Wüste unterscheide sich von zivilisierten Ländern vor allem dadurch, daß man vor Krach dort kein Auge zutun könne. »So ein Kindskopf«, lachte Ginetta, »wir machen immer nur Spaß miteinander.«

Die Kurven der Straße durch den Pinienwald, an denen das Meer sichtbar wurde, versüßten mir Ginettas oberflächliches Geschwätz durch das leichte Schwindelgefühl, das sie in mir erregten. Man hatte den Eindruck, das Meer ziehe einen zu sich hinab in die Tiefe. Auch Doro schritt jetzt weiter aus. Bald kam der Abend.

»Die arme Mara«, sagte Ginetta, »wann sie wohl wieder schwimmen kann?«

An diesem Abend fanden wir den Sonnenschirm verlassen und den Strand bereits entvölkert vor. Ginetta und ich gingen ins Wasser und schwammen wie bei einem Wettkampf Seite an Seite, weil wir uns in der schweigenden Einsamkeit des Meeres nicht voneinander zu trennen wagten. Ohne ein Wort zu wechseln, kehrten wir dann wieder um, und ich sah zwischen den einzelnen Stößen meiner Arme die Steilküste mit den Pinien, durch die wir kurz zuvor hinabgewandert waren. Schließlich bekamen wir wieder Grund unter die Füße; glitzernd wie ein Fisch stieg Ginetta aus dem Wasser und ging in ihre Kabine. Doro rauchte noch seine Zigarette zu Ende, die er sich angezündet hatte, während er auf mich wartete.

Zusammen gingen wir zur Villa hinauf, wo Clelia uns schon erwartete. Beim Abendessen hörte ich, daß Guido Mara nach Sestri gebracht habe und wir deshalb für ein paar Tage allein und ohne Auto seien. Diese Nachricht freute mich, denn ich verbrachte den Abend gern in Ruhe bei Gesprächen.

»Diese dumme Person«, erklärte Clelia, »hätte doch wirklich das Ende der Saison abwarten können, um sich den Arm zu brechen.«

»Ginetta ist der Ansicht, nur wir Männer seien Egoisten«, bemerkte Doro.

»Gefällt Ihnen Ginetta?« wandte sich Clelia an mich.

»Sie ist ein Mädchen, das von Gesundheit nur so strotzt«, antwortete ich. »Warum fragen Sie? Ist sonst noch etwas über sie zu sagen?«

»Ach nein. Doro behauptet nur, daß ich ihr als junges Mädchen geglichen hätte.«

Ich verkündete, alle jungen Mädchen glichen einander, und richtig beurteilen könnte man sie erst, wenn sie verheiratet seien. Clelia zuckte die Achseln. »Wer weiß, wie Sie mich beurteilen«, murmelte sie.

»Dazu fehlt mir jede Grundlage. Richtig beurteilen kann nur Doro Sie.«

Überraschenderweise zog Doro die Sache ins Scherzhafte und sagte, ein Verliebter sei bekanntlich blind, und sein Urteil zähle darum nicht. Er redete, als sei er Guido. Erstaunt sah ich ihn an. Das schönste war, daß Clelia darauf gar nicht achtete, sondern wieder die Achseln zuckte und vor sich hin maulte, wir seien alle gleich.

»Was ist denn los?« fragte ich lachend.

Gar nichts war los, und Clelia begann mit dünner Stimme zu jammern, sie habe das Gefühl, uralt zu sein. Und wenn sie an ihre Jugend und erst recht an ihre Kindheit denke, als sie zur Schule und zu ihrem ersten Ball gegangen sei oder zum ersten Mal lange Strümpfe getragen habe, dann komme ihr das kalte Grausen. Doro hörte ihr nachdenklich zu und lächelte kaum. »Ich war ein altkluges kleines Mädchen«, sagte Clelia betrübt. »Ich machte mir Gedanken darüber, daß, wenn Papa am nächsten Tag verarmen oder unsere Küche in Brand geraten würde, wir nichts mehr zu essen hätten. Darum hatte ich mir im Garten einen kleinen Vorrat von Nüssen und getrockneten Feigen angelegt und wartete nur darauf, daß wir verarmten und ich Papa meine Vorräte anbieten könnte. Dann wollte ich zu Papa und Mama sagen: ›Seid nur nicht traurig. Clelia denkt an alles. Ihr habt sie zwar bestraft, doch sie verzeiht euch jetzt, aber tut es ja nicht wieder.‹ So töricht war ich damals.«

»In diesem Alter sind wir alle töricht«, sagte ich.

»Ich glaubte alles, was man mir sagte. Ich wagte sogar nicht, meinen Kopf zwischen die Gitterstäbe des Gartentors zu stecken, weil angeblich jemand kommen und mir die Augen auskratzen konnte. Und doch war vom Gartentor aus das Meer zu sehen, und das war mein einziger Zeitvertreib, denn ich mußte immer im Garten bleiben und saß dort auf einer Bank, lauschte auf die Vorübergehenden und auf das, was draußen geschah. Wenn im Hafen eine Sirene ertönte, war ich ganz glücklich.«

»Warum erzählst du ihm das eigentlich alles?« fragte Doro.

»Kindheitserinnerungen eines anderen Menschen sind nur erträglich, wenn man in ihn verliebt ist.«

»Aber er mag mich doch«, entgegnete Clelia.

An diesem Abend plauderten wir lange und gingen dann noch hinaus, um das Meer unter den Sternen anzuschauen. Die Nacht war so klar, daß man das Weiß der Brandung unter dem Promenadengeländer erkannte. Ich sagte, all das Wasser habe für mich immer etwas Unglaubhaftes, und ich käme mir am Meer dauernd wie unter einer Glasglocke vor. Ich beschrieb meinen Olivenbaum, der, auch wenn der Mond nicht scheine, wie ein Mondgewächs aussehe. Clelia drehte sich zwischen Doro und mir um und rief: »Wie schön! Den wollen wir uns ansehen.«

Aber als wir über die kleine Piazza kamen, begegneten wir Bekannten und mußten von Mara erzählen, und mit jedem Wort vergaß Clelia den Olivenbaum mehr, und schließlich kehrten wir alle zusammen zum Kartenspielen in die Villa zurück. Ein bißchen verärgert verließ ich sie unter dem Vorwand, ich sei müde.

Auf der anderen Seite des Plätzchens stieß ich auf Berti, der nicht mehr rechtzeitig im Dunkeln hatte verschwinden können. Ich ging einfach an ihm vorüber, und er war es, der das Wort an mich richtete.

Da fragte ich ihn: »Was soll diese Nachspioniererei?«

Eine Stunde zuvor hatte ich ihn nämlich schon in der Nähe der Villa beobachtet, und auf der Promenade war er in einigem Abstand dauernd um uns herumgeschwirrt. Die weiße Jacke, die er über seinem Trikot trug, war zu deutlich zu erkennen. Die Dunkelheit machte ihn kühn, und er antwortete mir, er habe von einem Unfall im Pinienwald gehört und Genaueres darüber erfahren wollen.

»Wie du siehst, bin ich noch am Leben«, sagte ich. »War es deswegen wirklich nötig, mir den ganzen Abend nachzulaufen?«

Er fragte mich, ob ich jetzt schlafen ginge. Unter dem Olivenbaum, der in der Dunkelheit einen schwarzen Fleck bildete, blieben wir stehen. »Es hieß, eine Dame sei dabei ums Leben gekommen.«

»Für Damen interessierst du dich also auch?«

Berti schaute mit zurückgelegtem Kopf zu meinem Fenster hinauf. Jetzt drehte er sich rasch um und sagte, ein Unfall könne Sommerfrischler zur Abreise veranlassen, und er habe gedacht, ich oder meine Freunde würden vielleicht abreisen.

»Ist sie eine Verwandte von Ihnen?«

An diesem Abend begriff ich, daß er mit meinen Freunden immer Clelia und Doro meinte. Er fragte mich noch, ob Mara eine Verwandte von ihnen sei. Die absurde Vorstellung, er könne sich für Mara mit ihren dreißig Jahren interessieren, entlockte mir ein Lächeln. Ich fragte ihn, ob er sie denn kenne.

»Nein«, antwortete er, »nur so.«

Ich verabredete mich für den nächsten Tag mit ihm am Strand und zog ihn mit seinem Vorschlag auf, gemeinsam ein Buch zu lesen. »Wenn du etwa glaubst, durch mich Mädchen kennenlernen zu können, dann täuschst du dich. Im übrigen scheinst du das ja auch allein zu schaffen.«

In dieser Nacht saß ich rauchend an meinem

Fenster, ließ mir Clelias Bekenntnisse noch einmal durch den Kopf gehen und war empört bei dem Gedanken, Ginetta könne mir etwas Ähnliches erzählen. Eine schwermütige Stimmung, die ich nur zu gut kannte, überkam mich. Die Erinnerung an das Gespräch mit Guido tat das ihre, um mich endgültig zu bedrücken. Zum Glück war ich am Meer, wo die Tage nicht zählen. Schließlich bin ich ja hier, um mich zu erholen, dachte ich.

Am nächsten Tag saßen Doro und ich hoch oben auf dem Felsen. Unter uns lag Clelia ausgestreckt auf dem Rücken und hatte ihren Arm über ihre Augen gelegt. Noch einmal sprachen wir von Mara und kamen zu dem Schluß, daß Strände eine Sache von Frauen oder allenfalls Kindern sind. Fehlt plötzlich ein Mann, so fällt das niemandem auf; aber es braucht nur irgendeine Frau wie Mara zu fehlen, dann zerfällt eine ganze Clique. »Sieh mal«, sagte Doro, »diese Sonnenschirme sind eben wie lauter Häuser. Unter ihnen stricken sie, essen sie, ziehen sich um und besuchen einander. Die paar Ehemänner liegen dort in der Sonne, wo ihre Frauen sie hingeschickt haben. Eine richtige Weiberrepublik.«

»Man könnte daraus schließen, daß die Gesellschaft eine weibliche Erfindung ist.«

In diesem Augenblick erreichte ein Schwimmer den Felsen. Er klammerte sich an ihn und hob den Kopf aus dem Wasser. Es war Berti.

Ich sagte nichts und behielt ihn im Auge. Vielleicht sah er mich hier oben nicht – ich jedenfalls sehe, wenn ich aus dem Wasser komme, keine zwei Schritte weit –, hielt sich darum weiter an dem Felsen fest und wiegte sich auf den Wellen. In der Höhe seiner Stirn, wenige Handbreit von ihm entfernt, lag Clelia auf dem Rücken und rührte sich nicht. Berti rann das Wasser aus den Haaren in die Augen, und um sich festzuhalten, machte er mit den Händen jene tastenden Bewegungen, die noch vom Schwimmen unsicher sind. Dann ließ er plötzlich los, legte sich auf den Rücken und schwamm um einen Felsen herum, der an der Stelle unter dem Wasser lag, wo der Sandstrand in Fels überging. Von dort aus rief er mir etwas zu. Ich winkte ihm und nahm mein Gespräch mit Doro wieder auf.

Später, als Clelia sich ihrer Seligkeit entriß und die anderen Mädchen und einige Bekannte kamen, ließ ich meine Blicke über den Strand schweifen und sah, daß Berti zwischen den Kabinen stand und dort eine Zeitung las. Das geschah nicht zum ersten Mal. Aber an diesem Morgen war es klar, daß er auf jemanden wartete. Ich winkte ihm, er solle kommen. Ich ließ nicht locker. Schließlich faltete Berti, ohne uns anzuschauen, die Zeitung zusammen und machte sich auf den Weg. Am Fuß des Felsens blieb er stehen. Ich sagte zu Doro: »Das ist der hoffnungsvolle Knabe, von dem ich euch schon erzählt habe.« Doro schaute auf und lächelte, dann wandte er sich wieder seinem Malkasten zu. Mir blieb also nichts anderes übrig, als zu Berti hinunterzugehen und ihn anzusprechen.

Einen jungen Mann in schwarzer Badehose, Mädchen, die im Badeanzug kommen und gehen, und Herren im Bademantel vorzustellen, zieht kaum Konsequenzen nach sich und ist darum zu entschuldigen. Aber Bertis ernstes und gelangweiltes Gesicht ärgerte mich. Ich kam mir lächerlich vor. Darum sagte ich schroff: »Wir hier kennen uns alle« und wandte mich Ginetta zu, die gerade zum Wasser hinunterging. »Warten Sie auf mich«, bat ich sie.

Als ich wieder an Land kam – Ginetta blieb mehr

als eine Stunde im Wasser –, sah ich, daß Berti, die Hände um die Knie gelegt, zwischen unserem und dem nächsten Sonnenschirm saß.

Ich ließ ihn dort sitzen. Lieber unterhielt ich mich ein bißchen mit Clelia. Sie kam in diesem Augenblick aus ihrer Kabine und zog sich einen Bolero über ihren Badeanzug. Ich ging ihr entgegen, und wir begrüßten uns im Spaß. In ein Gespräch vertieft entfernten wir uns allmählich, und als Berti hinter dem Sonnenschirm verschwand, war mir wohler zumute. Wir machten unseren gewohnten Strandspaziergang zwischen der schwachen Brandung und den Gruppen sich sonnender, lärmender Menschen hindurch.

»Ich habe mit Ginetta zusammen gebadet«, sagte ich, »baden Sie heute nicht?«

Vom ersten Tag an hatte ich Clelia höflichkeitshalber angeboten, mit ihr zusammen schwimmen zu gehen, aber sie war stehengeblieben und hatte mich mit einem rätselhaften Lächeln angesehen. »Nein, nein«, hatte sie geantwortet. Überrascht hatte ich aufgeschaut. »Nein, nein, schwimmen gehe ich allein.«

Und dabei blieb es. Sie hatte mir erklärt, sie tue alles in aller Öffentlichkeit, aber mit dem Meer wolle sie allein sein. »Wie sonderbar.« – »Mag sein, aber so ist es nun einmal.« Sie schwamm gut, es geschah also sicher nicht aus Verlegenheit. Sie hatte es eben so beschlossen. »Das Meer ist mir Gesellschaft genug. Ich will niemanden dabei haben. Im Leben habe ich nichts, was mir allein gehört. Lassen Sie mir also wenigstens das Meer.« Ohne das Wasser aufzurühren, glitt sie schwimmend davon, und bei ihrer Rückkehr erwartete ich sie im Sand. Ich kam noch einmal auf das Thema zurück, aber Clelia ging nur mit einem flüchtigen Lächeln auf meine Einwände ein. »Nicht einmal mit Doro?« – »Nicht einmal mit Doro.«

Auch an diesem Morgen scherzten wir über ihren geheimnisvollen Baderitus, stiegen über Körper hinweg, lachten über dicke Bäuche und hechelten Frauen durch. »Sehen Sie den roten Sonnenschirm dort?« fragte Clelia. »Und wissen Sie, wer darunter liegt?« Auf dem Liegestuhl sah man eine knochige, nackte Gestalt, die in einem Bikini steckte. Sie war nur teilweise gebräunt; an ihrem nackten Bauch sah man, daß sie bisher einen normalen Badeanzug getragen hatte. Fuß- und Fingernägel waren blutrot. Von der Rückenlehne des Liegestuhls hing ein schönes rosa Handtuch hinunter. »Das ist Guidos Freundin«, wisperte Clelia mir lachend zu. »Er nimmt sie überall mit, hält sie dann verborgen, und wenn er ihr begegnet, küßt er ihr die Hand und macht höflich Konversation.« Dann nahm sie meinen Arm und beugte sich zu mir herüber: »Warum habt ihr Männer nur so einen ordinären Geschmack?«

»Ich finde, daß Guido einen durchaus unterschiedlichen Geschmack hat«, antwortete ich. »Aber ordinär ist er natürlich auch.«

»Aber nein«, wandte Clelia ein, »ordinär ist nur diese Person. Er, der Ärmste, liebt doch mich.«

Ich versuchte ihr zu erklären, daß nichts von sich aus ordinär ist, sondern daß es ordinär erst dadurch wird, wie wir von ihm sprechen und denken, aber Clelia hatte ihre Augen schon ganz woanders und lachte über ein rotes Mützchen, das ein kleines Kind auf dem Kopf trug.

So wanderten wir bis an das Ende des Strandes und setzten uns dort auf einen Felsen, um eine

Zigarette zu rauchen. Von der Sonne ganz benommen kehrten wir dann um, und ich ließ meine Blicke ziellos umherschweifen, bis ich in der Nähe unseres Sonnenschirms Berti – seinen dunklen Rücken und seine kurzen Hosen – entdeckte, der aufgeregt auf eine kleine Frau in einem ausgefallen geblümten Bademantel, mit hochhackigen Sandalen und prallen, gepuderten Wangen einredete. In diesem Augenblick hob Clelia einen Arm und rief Doro etwas zu. Die beiden wandten sich um – Berti, der bei unserem Anblick sofort verschwand, hastig; die kleine Frau unbekümmert und frech. Dann rief sie Berti bei seinem Vornamen und humpelte hinter ihm her.

»War diese Geisha, die dir heute nachlief, etwa die Frau, die du damals mit auf dein Zimmer genommen hast?« fragte ich Berti, als er im Restaurant zu mir kam.

Berti lächelte gleichgültig über seine Zigarette hinweg.

»Wie ich sehe, hast du also Gesellschaft«, fuhr ich fort, »warum bist du dann noch auf andere aus? Ein Glück, daß ich dich den jungen Damen bei uns nicht vorgestellt habe.«

Berti starrte mich an, als denke er an etwas ganz anderes. »Es war nicht meine Schuld, daß ich sie heute getroffen habe«, sagte er dann plötzlich, »entschuldigen Sie mich bitte bei Ihren Freunden.«

Ich ging nicht darauf ein und fragte ihn, ob seine Angehörigen eigentlich von derartigen Unternehmungen etwas wüßten. Er antwortete mit seinem gewohnten zerstreuten Lächeln langsam, diese Frau sei mehr wert als viele Mädchen aus guter Familie; das gelte im übrigen von allen Frauen wie sie, denn wenn sie auch ein fragwürdiges Leben führten, so täten sie das doch zum Vorteil der ehrbaren Frauen.

»Nämlich?«

»Die Männer sind sich doch alle darin einig, daß sie zu Prostituierten gehen. Dort finden sie ihre Befriedigung und belästigen dann andere Frauen nicht mehr. Aber darum sollten sie sie auch respektieren.«

»Meinetwegen«, antwortete ich, »aber warum läufst du dann fort und schämst dich ihrer?«

»Ich?« stammelte Berti. Das sei etwas anderes, erklärte er mir dann. Ihn widerten die Frauen an, und es mache ihn wütend, daß alle Männer nur das eine im Sinn hätten. Die Frauen seien dumm und launisch; und nur die Leidenschaft der Männer mache sie unentbehrlich; man brauche sich nur darüber zu einigen, sie links liegen zu lassen, und schon wäre es aus mit dem Hochmut der Frauen.

»Berti, Berti«, sagte ich, »ein Heuchler bist du also auch.«

Er schaute mich erstaunt an. »Sich eines Menschen bedienen«, fuhr ich fort, »und sich dann nicht einmal von ihm verabschieden, nein, das geht wirklich nicht.« Jetzt sah ich, daß er lächelte und seine Zigarette energisch ausdrückte. Mit ruhigerer Stimme sagte er, nicht er habe sich dieser Frau bedient, sondern – und er lächelte – sie sich seiner. Sie sei allein gewesen und habe sich am Meer gelangweilt; sie hätten sich am Strand kennengelernt – und sie sei es gewesen, die angefangen habe, mit ihm zu kokettieren. »Sehen Sie«, fuhr er fort, »ich habe nicht nein gesagt, weil sie mir leidtat. In ihrer Tasche der Spiegel ist ganz zerbrochen. Ich verstehe sie. Sie sucht nur Gesellschaft und will keinen Pfennig: sie sagt, am Meer werde nicht gearbeitet. Aber man muß sich vor ihr in acht nehmen. Wie alle Frauen nutzt sie eine lächerliche Situation aus, um einen Mann in Verlegenheit zu bringen.«

Wir gingen durch die Straßen nach Hause, die jetzt um zwei Uhr mittags menschenleer dalagen. Ich war entschlossen, diesem Jungen keine Ratschläge mehr zu erteilen: er gehörte zu denen, die man ihrer Wege gehen lassen muß, damit sie sehen, wohin sie damit kommen. Ich fragte ihn, ob er diese Frau, diese Dame am Ende schon aus Turin mitgebracht habe. »Sie sind verrückt«, fuhr er mich an. Aber alle Spontaneität verließ ihn, als ich ihn fragte, wer ihm beigebracht habe, sich für Dinge zu entschuldigen, die den Leuten vollkommen gleichgültig seien. »Wann?« stammelte er. »Hast du mich nicht eben erst gebeten, dich bei meinen Freunden zu entschuldigen?«

Er erklärte mir, da ich in Begleitung gewesen sei, sei es ihm unangenehm gewesen, daß wir ihn mit dieser Frau zusammen gesehen hätten. »Es gibt eben Menschen«, fuhr er fort, »vor denen man sich nicht gern lächerlich macht.« – »Zum Beispiel?« Er schwieg einen Augenblick. »Ihre Freunde«, murmelte er dann, als sei das nicht so wichtig.

Am Fuß der Treppe verließ er mich und ging durch die Sonne fort. Da Doro sich in diesen glühendheißen Stunden hinlegte, hatte ich, der ich tagsüber nicht schlafen kann, nur so getan, als wolle ich nach Hause, um Berti loszuwerden. Und nun begann das tägliche Einerlei während der öden, drückenden Stunden. Wie immer bummelte ich ziellos durch den Ort, aber es gab keinen Winkel mehr, den ich nicht schon kannte. So schlug ich, begierig, mit Clelia zu sprechen, den Weg zur Villa ein. Aber es war noch verzweifelt früh, und, auf einem Mäuerchen hinter Bäumen sitzend, die sich deutlich vor dem Meer abhoben, brütete ich lange über meinen Gedanken. Unter anderem dachte ich zum erstenmal darüber nach, daß Leute, die Clelia nicht kannten, wenn sie uns zusammen spazierengehen und lachen sahen, glauben konnten, zwischen uns bestehe mehr als herzliche Freundschaft.

Ich traf Clelia im Garten an, wo sie auf einem rohrgeflochtenen Liegestuhl im Schatten lag. Sie schien sich über mein Kommen zu freuen und begann gleich zu reden. Sie erzählte mir, Doro sei es leid, ständig das Meer zu malen, und wolle damit aufhören. »Ihr Guido wird glücklich darüber sein«, sagte ich. »Warum?« Jetzt mußte ich ihr erklären, Doro kümmere sich nach Guidos Meinung mehr um seine Malerei als um sie, und das sei auch der Grund für die Spannungen zwischen ihnen.

»Spannungen?« fragte Clelia und runzelte die Stirn.

Ich wurde ungeduldig. »Aber Clelia, Sie wollen mir doch nicht weismachen, daß Sie nicht ein bißchen gestritten haben. Erinnern Sie sich an den Abend, als Sie mich anflehten, ihm Gesellschaft zu leisten und ihn auf andere Gedanken zu bringen ...«

Clelia hörte mir ein bißchen verärgert zu und schüttelte ablehnend den Kopf. »Davon habe ich nie etwas gesagt«, protestierte sie. »Daran erinnere ich mich nicht.« Sie lächelte. »Daran will ich mich nicht erinnern. Und Sie sollen nicht so gemein sein.«

»Du lieber Himmel«, unterbrach ich sie, »am ersten Tag, als ich hier war. Wir waren gerade von der Reise zurückgekommen, bei der man auf uns geschossen hat ...«

»Wie herrlich«, rief Clelia, »damals mit dem weißen Mann, der Purzelbäume schlug?«

Ich mußte lächeln, und Clelia fuhr fort: »Ihr nehmt

mich alle immer beim Wort. Ihr wißt immer alle noch genau, was ich gesagt habe. Und fragt und wollt wissen.« Abermals machte sie ein böses Gesicht. »Ich komme mir vor, als ginge ich wieder zur Schule.«

»Meinetwegen...«, murmelte ich.

»Man darf sich nie an das erinnern, was ich gesagt habe. Ich rede und rede, weil ich eine Zunge im Mund habe und weil ich nicht allein sein kann. Auch Sie sollten mich nicht ernst nehmen, das lohnt sich nicht.«

»Oh, Clelia, sind wir etwa lebensmüde?«

»Aber nein, das Leben ist doch so schön«, antwortete sie lachend. Jetzt sagte ich, ich verstünde den armen Doro nicht mehr. Warum er aufhören wolle zu malen? Er mache seine Sache doch so gut. Clelia wurde nachdenklich und meinte, wenn sie nicht die wäre, die sie nun einmal sei – ein verzogenes kleines Mädchen, das nichts gelernt habe –, dann würde sie das Meer malen, das sie so liebe und das so ganz zu ihr gehöre; und nicht nur das Meer, auch die Häuser, die Leute, die steilen Treppchen, ganz Genua. »So sehr liebe ich es«, schloß sie.

»Vielleicht ist Doro deswegen fortgefahren. Aus demselben Grund. Weil er seine Heimat und ihre Hügel liebt.«

»Das kann schon sein. Aber er sagt selbst, schön sei seine Heimat nur in der Erinnerung. Das brächte ich nicht fertig. Ich habe doch sonst nichts.«

Einander so gegenübersitzend – mit dem Tischchen zwischen uns –, warteten wir auf Doro. Clelia fing wieder an, mir von ihrer Kindheit zu erzählen, und mokierte sich über die Naivität ihres damaligen Lebens und über die Abgeschlossenheit ihres Milieus von alten Leuten, die aus ihr eine Gräfin machen wollten und sie zwischen drei Häusern –

einem Laden, einem Patrizierhaus und eine Villa – herumschubsten. Ihr aber habe das Dreieck der Straßen gefallen, durch die sie dabei habe gehen müssen, weil sie so durch die ganze Stadt gekommen sei. Das Patrizierhaus ihres Onkels sei ein alter Palazzo voller Fresken und Brokate gewesen, in dem wie in einem Museum alles unter Glas gelegen habe. Von der Straße aus habe er ausgesehen, als liege er direkt am Meer, und seine großen Fenster seien bleiverglast gewesen. Als Kind, sagte Clelia, habe sie es wie einen Alptraum empfunden, ihn durch sein großes Portal betreten und den Nachmittag im traurigen Halbdunkel seiner Salons verbringen müssen. Draußen waren das Meer, die Luft und die belebte Straße; sie aber habe warten müssen, bis die Mama ihr Gewisper mit der Alten beendete; und vor Langeweile habe sie ganz von selbst angefangen, die düsteren Bilder hoch oben an den Wänden zu betrachten, auf denen Schnurrbärte, Kardinalshüte und die bleichen Wangen altersloser Puppengesichter aufleuchteten.

»Sie sehen, wie töricht ich bin«, sagte Clelia, »damals, als der Palazzo uns sozusagen gehörte, konnte ich ihn nicht ausstehen; und jetzt, da wir arm und entwurzelt sind, würde ich viel darum geben, ihn zurückzubekommen.«

Ehe Doro auf dem Balkon erschien, erzählte Clelia mir noch, ihre Mutter habe nicht gewollt, daß sie sich beim Papa im Laden aufhalte, weil es sich nicht gehöre, daß einem kleinen Mädchen der Streit hinter dem Ladentisch zu Ohren käme und es dabei häßliche Worte lerne. Aber der Laden sei mit lauter Dingen vollgestopft gewesen – mit den gleichen Gegenständen, die auch den Palazzo anfüllten –, er habe blitzende Schaufenster gehabt, ständig seien

Menschen ein und aus gegangen, und Clelia sei glücklich gewesen, ihren Papa so in seinem Element zu sehen. Sie habe ihn immer gefragt, warum sie nicht auch die Gemälde und Leuchter aus dem Palazzo verkauften, das könne sie doch vor dem Bankrott bewahren. »Ich war ein altkluges Kind«, erklärte sie lächelnd. »Wenn ich nachts aufwachte, hatte ich Angst, daß der Papa verarmen könne.«

»Warum denn all diese Ängste?«

Clelia behauptete, damals habe sie eigentlich nur aus Angst bestanden. Die ersten verliebten Gedanken seien vor einem Bild des heiligen Märtyrers Sebastian in ihr aufgestiegen. Er sei, ganz und gar von geronnenem und verkrustetem Blut bedeckt, als nackter Jüngling dargestellt gewesen, den Bauch mit Pfeilen gespickt. Der traurigen und verliebten Augen dieses Heiligen wegen habe sie sich geschämt, ihn anzuschauen, und Liebe habe für sie diese Szene bedeutet. »Warum erzähle ich Ihnen das bloß...« Kurz darauf erschien auf dem Balkon Doro, der sich gerade den Hals abtrocknete. Er winkte mir zu und ging ins Haus zurück, um herunterzukommen. Ich fragte Clelia, ob sie jetzt anders über die Liebe denke.

»Natürlich«, antwortete sie.

Wenn ich nachts nach Hause kam, setzte ich mich ans Fenster und rauchte. Man bildet sich ein, das fördere die Meditation, aber in Wirklichkeit zerstreuen sich beim Rauchen die Gedanken wie Nebel, allenfalls phantasiert man dabei, was etwas ganz anderes als Nachdenken ist. Die wirklichen Einsichten und Gedanken kommen unversehens: bei Tisch, beim Schwimmen im Meer oder wenn man sich über etwas ganz anderes unterhält. Doro kannte meine Angewohnheit, mitten in einem lebhaften Gespräch einen Augenblick ins Träumen zu verfallen und mit den Augen einem unerwarteten Einfall zu folgen. Auch er machte es so, und als wir in vergangenen Zeiten viel zusammen wanderten, hatte jeder schweigend seinen Gedanken nachgehangen. Aber jetzt schien mir sein Schweigen – wie mein eigenes – zerstreut, fremd, alles in allem ungewohnt. Ich war erst wenige Tage am Meer, aber schon kam es mir wie hundert Jahre vor. Und doch hatte sich nichts ereignet. Aber wenn ich nachts nach Hause kam, hatte ich das Gefühl, der vergangene Tag – dieser gewöhnliche Ferientag am Strand – bedürfe zu seinem Verständnis wer weiß welcher Bemühungen um Klarheit.

Als ich am Tag nach Maras Unfall Freund Guido und sein verdammtes Auto wiedersah, begriff ich in den wenigen Sekunden, in denen ich die Straße überquerte, um ihm die Hand zu geben, mehr Dinge als während meines ganzen nächtlichen Pfeiferauchens. Es wurde mir nämlich klar, daß Clelias Geständnisse eine unbewußte Abwehr gegen die Gewöhnlichkeit Guidos darstellten, der im übrigen ein durchaus wohlerzogener und galanter Mann war. Braungebrannt und rosig saß er da, streckte mir seine Hand entgegen und bleckte zu meiner Begrüßung die Zähne. Guido war reich und hatte etwas von einem Ochsen an sich. Clelia reagierte nur unbewußt; also nahm sie ihn ernst und ähnelte ihm. Wer weiß, wohin meine Gedanken noch geführt hätten, wenn Guido nicht zu lachen begonnen und mich so gezwungen hätte, etwas zu sagen. Ich stieg zu ihm in den Wagen, und wir fuhren zusammen in das Café, in dem um diese Zeit alle saßen.

Während über Mara gesprochen wurde, versuchte ich, bei meinem Gedanken zu bleiben, und fragte mich, ob Doro Clelias Klagen wie ich deutete und wieso es ihn nicht ärgerte, daß sie selbst vor mir keine Geheimnisse hatte. Inzwischen waren auch sie gekommen, und nach den ersten Worten sagte Guido zu Clelia, als er durch Genua gefahren sei, habe er an sie gedacht. Clelia nannte ihn ein Lästermaul. Ein Scherz, aber er genügte, um den Verdacht in mir zu wecken, daß sie dieselben Bekenntnisse über ihre Jugend früher Guido gemacht hatte, und das paßte mir ganz und gar nicht.

Nach dem Abendessen erschien Guido in bester Laune in der Villa und brachte in seinem Wagen Ginetta mit. Während Doro und Guido sich über berufliche Angelegenheiten unterhielten, hörte ich Clelia und Ginetta zu und dachte an Doros Bemerkung bei unserem Abstieg vom Berg zurück, als er sagte, heiraten bedeute, mit mehr als einer Frau dauernd zusammen sein zu müssen. Aber war Ginetta überhaupt eine Frau? Ihr Lächeln, bei dem sie die Stirn runzelte, und die Rücksichtslosigkeit mancher ihrer Meinungen ließen sie eher wie ein noch heranwachsendes geschlechtsloses Wesen erscheinen. Immer weniger verstand ich, wieso Clelia ihr als junges Mädchen geglichen haben sollte. Bei aller Wohlerzogenheit und Reserviertheit hatte Ginetta nämlich etwas Lausbübisches, das manchmal in all ihren Bewegungen spürbar wurde. Gewiß machte sie ihren Freunden keine Bekenntnisse, und doch hatte man, wenn sie sprach, den Eindruck, daß einem nichts in ihrem Innern verborgen blieb. Ihre grauen Augen, die sie ohne alles Getue aufschlug, waren klar wie die Luft.

Die beiden sprachen von irgendeinem Skandal – ich erinnere mich nicht mehr genau daran –, gut aber erinnere ich mich, daß das Mädchen dafür Partei ergriff und unser Gespräch einfach unterbrach, um an Doro zu appellieren, während Clelia sehr sanft immer wiederholte, das sei keine Sache der Moral, sondern des Geschmacks.

»Aber sie wollen ja heiraten«, wandte Ginetta ein.

Das sei keine Lösung, erwiderte Clelia, heiraten bedeute eine Wahl treffen und nicht, etwas in Ordnung bringen; und diese Wahl müsse in aller Ruhe getroffen werden.

»Zum Teufel, das mag ja auch eine Wahl sein«, mischte sich Guido ein, »nach all den Experimenten, die sie gemacht haben.« Ohne zu lächeln entgegnete Ginetta, wenn der Zweck der Ehe die Gründung einer Familie sei, könne man doch gar nicht früh genug daran denken.

»Aber ihr Zweck ist nicht ohne weiteres die Familiengründung«, ließ Doro sich vernehmen, »ihr Zweck ist es, das geeignete Milieu für eine Familie zu schaffen.«

»Lieber ein Kind ohne Milieu als ein Milieu ohne Kind«, entfuhr es Ginetta. Dann errötete sie, als sie meinem Blick begegnete. Clelia stand auf, um uns Likör einzuschenken.

Danach machten wie ein Kartenspiel. Zu später Nachtstunde brachte Guido uns dann nach Hause. Nachdem wir Ginetta vor der Garage abgesetzt hatten, kehrten wir zu Fuß zu seinem Hotel zurück. Ich wäre lieber allein spazierengegangen, aber Guido, der den ganzen Abend über wenig gesprochen hatte und beim Spielen unaufmerksam und aggressiv gewesen war, forderte mich auf, ihm noch ein bißchen Gesellschaft zu leisten. Ich kam noch einmal auf Mara zu sprechen. Guido ging nur widerwillig auf dieses Thema ein: Mara sei in guten Händen und außer Gefahr. Als wir wieder zu seinem Hotel kamen, ging er einfach weiter.

Schweigend waren wir bis zu meiner Gasse geschlendert, wo ich stehenbleiben wollte. Aber Guido ging noch ein paar Schritte weiter und drehte sich dann wie zufällig um.

»Lassen Sie die doch warten«, sagte er, »und kommen Sie noch mit mir bis zum Bahnhof.«

Ich fragte, wer denn auf mich warten solle, und Guido antwortete obenhin, du lieber Himmel, irgendwen müsse ich doch zu meiner Gesellschaft bei mir haben. »Nein«, antwortete ich, »ich bin Junggeselle und allein.«

Guido brummte etwas vor sich hin, und wir machten uns wieder auf den Weg.

Wer mich denn erwarten solle, fragte ich ihn noch einmal. Etwa der junge Mann vom Strand?

»Nein, nein, Herr Professor, ich meinte ein Verhältnis ... eine Freundin.«

»Wieso? Haben Sie mich etwa mit jemandem zusammen gesehen?«

»Das behaupte ich ja gar nicht. Aber irgendwen braucht man doch.«

»Ich bin zur Erholung hier. Und was ich brauche ist Alleinsein.«

»Hm«, machte Guido nachdenklich.

Als wir an dem Café auf der kleinen Piazza vorübergingen, fragte ich ihn: »Haben Sie denn Gesellschaft?«

Guido hob den Kopf. »Die habe ich«, antwortete er aggressiv, »und ob ich die habe. Schließlich können wir nicht alle Heilige sein. Und sie kostet mich eine Stange Geld.«

»Die haben Sie aber gut versteckt, Herr Ingenieur.«

Guido lächelte erfreut. »Das macht es ja so teuer. Getrennte Rechnungen, getrennte Badeanstalten, getrennte Mahlzeiten. Glauben Sie mir, eine Geliebte kommt einen teurer zu stehen als jede Ehefrau.«

»Dann heiraten Sie doch.«

Guido bleckte seine Goldzähne. »Bei den doppelten Kosten bliebe es trotzdem. Sie kennen die Frauen nicht. Eine Freundin, die noch hofft, hält den Mund. Denn sie hat alles zu gewinnen. Aber wenn so ein Unglücksmensch erst verheiratet ist, dann ist er ihr ausgeliefert.«

»Dann heiraten Sie doch Ihre Freundin.«

»Machen Sie keine Witze. So etwas tut man erst auf seine alten Tage.«

Ich verließ ihn vor seinem Hotel und versprach, morgen die Bekanntschaft der Dame zu machen. Überströmend herzlich drückte er mir die Hand. Als ich nach Hause kam, fiel mir Berti ein, und ich schaute mich um, aber diesmal ließ er sich nirgends blicken.

Am nächsten Morgen trödelte ich mit Schreiben so lange herum, bis die Sonne schon hoch am Himmel stand, bummelte dann durch die Straßen und ließ mir meine Gedanken vom Abend zuvor noch einmal durch den Kopf gehen, die mir jetzt im Tumult und in der Helligkeit des Tages farb- und gehaltlos vorkamen. An den Strand wollte ich erst gehen, nachdem alle dort schon eingetroffen waren.

Aber am Eingang der Badeanstalt stieß ich auf Guido, diesmal in einem braunen Bademantel, der mich sofort in Beschlag nahm, und wie auf Verabredung steuerten wir auf einen bestimmten Sonnenschirm zu. Als wir dort ankamen, setzte Guido ein überraschtes Lächeln auf und rief: »Liebe Nina, wie hast du geschlafen? Darf ich ...« Und er stellte mich vor. Ich berührte die Finger ihrer mageren Hand und sah in dem blendenden Licht, und weil der Sonnenschirm im Wege stand, vor allem lange, schwarzgebrannte Beine und komplizierte Sandalen, in denen sie endeten. Sie hatte sich in ihrem Liegestuhl aufgesetzt und schaute mich mit Augen an, die so hart und nüchtern waren wie die Stimme, mit der sie sich an Guido wandte.

Wir wechselten ein paar freundliche Worte, und ich fragte sie, wie es beim Baden gewesen sei; sie antwortete, sie bade erst nachmittags, wenn das Wasser warm sei; mehrmals lachte sie geziert zu dem, was ich sagte, und als ich mich verabschiedete, reichte sie mir nochmals die Hand und forderte mich auf, gelegentlich wieder vorbeizukommen. Guido blieb.

Als ich zu unserem Felsen kam, entdeckte ich Berti, der, an den Felsen gelehnt, auf eine sechzehnjährige Freundin von Ginetta einredete, Doro lag zwischen ihnen im Sand und ließ ihn gewähren. Clelia war um diese Zeit im Meer.

An einem der nächsten Tage erklärte Doro mir, warum er das Malen satt habe. Er hatte sich bei mir eingehängt, und ganz allmählich hatten wir uns auf der Landstraße, die senkrecht über dem Meer am Berg entlanglief, vom Ort entfernt.

»Wenn ich noch einmal jung wäre«, erklärte er mir, »würde ich wirklich Maler werden. Ich würde von zu Hause davonlaufen und die Tür hinter mir zuschlagen, das wäre dann wenigstens eine klare Sache.«

Sein Zorn gefiel mir, und ich sagte ihm, unter diesen Umständen hätte er aber auch Clelia nicht geheiratet. Lachend erwiderte Doro, das sei das einzige, was er nicht verkehrt gemacht habe. Clelia, ja, die sei wirklich eine Berufung. Aber, fuhr er fort, im Grunde sei er auch gar nicht wütend über seine blöden Bilder, die er zum Zeitvertreib male, sondern darüber, daß er den Schwung und die Lust verloren habe, mit mir über viele Dinge zu reden.

»Über was für Dinge?«

Ohne mich loszulassen, warf er mir einen verächtlichen Blick zu und sagte, wenn es sich so verhalte, dann wolle er nicht mehr klagen, denn auch ich würde alt, und man sähe, daß niemand davon verschont bleibe.

»Mag sein«, antwortete ich, »aber wenn du die Lust am Reden verloren hast, ist das schließlich nicht meine Schuld.«

Ich spürte einen Ärger in mir aufsteigen, der in keinem Verhältnis zur Sache stand, und verstummte. Doro ließ meinen Arm los. Ich schaute auf das Meer unter uns hinab und fragte mich plötzlich, ob seinen Streitereien mit Clelia ähnliche Nichtigkeiten zugrunde lagen.

Aber schon begann Doro mit ebenso unbekümmerter Stimme wie zuvor zu sprechen, und ich begriff, daß er meine Verstimmung gar nicht bemerkt hatte. Gleichgültig antwortete ich ihm, aber mein Groll steigerte sich dabei zu regelrechtem Zorn.

»Du hast mir noch nicht erklärt, warum du dich mit Clelia gezankt hast«, sagte ich schließlich.

Aber Doro entzog sich mir von neuem. Zuerst begriff er gar nicht, worauf ich anspielte, dann schaute er mich schief an und sagte: »Denkst du immer noch daran? Du hast wirklich einen Dickschädel. So etwas kommt zwischen Eheleuten doch alle Tage vor.«

Am selben Tag sagte ich zu Clelia, die sich über einen langweiligen Roman beklagte, die Schuld liege in solchen Fällen immer beim Leser. Clelia schaute auf und lächelte. »Ihr seid doch alle gleich. Erst kommt ihr zur Erholung hierher, und dann werdet ihr frech.«

»Wen meinen Sie mit ›alle‹?«

»Zum Beispiel Guido. Aber Guido kann zu seiner Entschuldigung geltend machen, daß seine Freundin ihn quält. Das können Sie nicht.«

Mit einer spöttischen Grimasse zuckte ich die Schultern. Als ich ihr erzählte, daß ich die Bekanntschaft dieser Dame gemacht hatte, wurde Clelia rot vor Freude und hätte beinahe in die Hände geklatscht. »Erzählen Sie, erzählen Sie«, bestürmte sie mich. »Wie ist sie denn?«

Ich wußte nur, daß Guido mit dem Gedanken spielte, sie loszuwerden, zum Beispiel an mich. Das äußerte ich in dem zurückhaltenden Ton, den Clelia mochte, und sah, wie sie strahlte. »Er beschwert sich darüber, daß sie ihn zuviel kostet«, fuhr ich fort, »warum heiratet er sie dann nicht?«

»Das würde gerade noch fehlen. Aber diese Person ist doch zu dumm. Das sieht man doch schon daran, daß sie sich wie eine alte Schachtel in den Schrank sperren läßt. Gefällt sie Ihnen?«

»Bisher habe ich nur ihre Beine gesehen. Was ist sie denn? Tänzerin?«

»Kassiererin«, antwortete Clelia. »Eine Hexe, die in Genua jeder kannte, ehe Guido ihr in die Klauen geriet.«

»Dann muß sie doch schlau sein.«

»Bei Guido ist nicht viel Schlauheit nötig«, lächelte Clelia.

»Ich glaube, daß sie nur so fügsam tut, um ihn desto sicherer einzufangen. Es ist ein gutes Zeichen, wenn eine Frau sich in den Schrank sperren läßt. Das bedeutet, daß sie sich bereits zu Hause fühlt.«

»Wenn Sie das für ein gutes Zeichen halten«, äußerte Clelia verstimmt.

»Was kann er denn besseres tun als sie heiraten?«

»Nein, nein«, empörte sich Clelia, »dann würde ich ihn nicht mehr in meinem Haus empfangen.«

»Fänden Sie es besser, wenn so ein ungeschlachter Geselle wie er eine Clelia oder eine Ginetta heiratete?« Ich spähte zu ihr hinüber, ob sie darauf reagierte, aber der ungeschlachte Geselle wurde mir durchgelassen. »Wie ungerecht«, äußerte Clelia, »daß ein Mädchen euch gegenüber so wehrlos ist. Es geschieht euch ganz recht, daß diese Weiber euch reinlegen.«

An einem der nächsten Tage besuchte Guido mich sogar auf meinem Zimmer. Mit Entschuldigung heischendem Lächeln erschien er an der Tür und sagte, er wolle mich nicht beim Lesen stören. Meinerseits wegen meines schmalen Eisenbettes verlegen, bat ich ihn, einzutreten und am Fenster Platz zu nehmen. Als er ging, fächelte er sich mit seiner Mütze Luft zu und bat mich, ihn bei Doro und Clelia zu entschuldigen, denn er könne sie heute nicht mit dem Auto abholen. Er habe eine Verpflichtung.

An diesem Nachmittag ließen wir am Strand kein gutes Haar an Guido. Am giftigsten waren die Mädchen, die auf den täglichen Ausflug Wert legten. Berti, der inzwischen bei uns Fuß gefaßt hatte und sich zwischen uns herumtrieb, tat als einziger so, als sei ihm das gleichgültig. Ich hörte ihn zu Ginetta sagen, schließlich komme man ja zum Baden ans Meer und nicht, um Kirchen zu besichtigen.

»Mit Lesen hast du also nichts mehr im Sinn?« fragte ich ihn und setzte mich neben ihn in den Sand.

»Doch, gern.«

»Vielleicht zusammen mit den Mädchen hier?«

Er schaute mich empört an. »Ich?« fragte er. Wenn er bei dem Felsen saß, machte er jetzt immer ein gelangweiltes Gesicht. Und früher hatte er, wenn ich ihn sah, bei allen Mädchen den Überlegenen herausgekehrt und war herablassend und doch zurückhaltend gewesen.

»Du willst doch nicht etwa behaupten, daß du auch uns abstoßend findest? Schließlich warst du es, der sich an uns herangemacht hat.«

Berti lächelte. Ginetta ging an uns vorüber und setzte sich dabei gerade die Badekappe auf, um schwimmen zu gehen. So von unten gesehen, kam sie mir, als sie langsam vorüberging und die Kappe über einem Ohr zurechtzog, größer als andere Frauen vor. Berti schaute auf seine Knie und brummte: »Mir sind die Mädchen unangenehm. Man wird aus ihnen nicht schlau.«

Plötzlich stand Doro vor uns und war schon drauf und dran, sich niederzulassen. »Das ist mein ehemaliger Schüler«, sagte ich zu ihm und stellte sie einander vor. Kniend gaben sie sich flüchtig die Hand.

Dann begann Doro in einer Anwandlung von Heftigkeit und Schroffheit, wie sie in unserer Schulzeit bei uns üblich gewesen war, mit mir über irgend etwas zu sprechen. Dabei war deutlich, daß Berti sich nicht einmischen sollte. Einerseits hörte ich also

Doro zu, andererseits behielt ich meinen jungen Mann im Auge. Plötzlich fragte Berti ganz unvermittelt: »Bleiben Sie noch lange hier, Herr Ingenieur?«

Doro schaute uns verärgert an und gab keine Antwort. Berti wartete mit einem Gesicht, das trotz der Sonnenbräune ganz rot war. Nach langem Schweigen sagte ich endlich, ich wolle Ende August abreisen. Aber Doro blieb unversöhnlich und tat den Mund nicht auf. Alle drei schauten wir auf das Meer, in das Ginetta gerade hineinging und aus dem Clelia unerwartet auftauchte. Wir ließen sie auf uns zukommen, und ich wußte nicht, ob ich lächeln sollte. Sie schnitt eine Grimasse zu uns herüber, weil sie mit einem Fuß auf den Kieseln ausgerutscht war.

»Nur hereinspaziert, das Meer ist euer«, rief sie uns mit der entsprechenden Geste zu und steuerte auf den Sonnenschirm los. Doro war aufgestanden. »Wollen wir ein paar Schritte gehen?« fragte er mich. Ich stand auf und gönnte Berti kaum einen Blick. Immer noch starrte er mit stoischer Miene auf den Horizont.

Später saßen wir dann frisch und ausgeruht unter dem Sonnenschirm. Clelia rauchte eine Zigarette und ich meine Pfeife.

»Wer weiß, wo Berti hingegangen ist«, sagte ich. Doro rührte sich nicht. Er lag zwischen uns und starrte zum Himmel hinauf.

»Ihr seid ja richtige Freunde«, meinte Clelia, »geradezu unzertrennlich.« – »Ich bin nur der Vorwand für seine Liebeleien«, entgegnete ich. »Es gibt da eine Frau, die sonst eifersüchtig würde.«

Solche Geschichten machten Clelia Spaß, und ich mußte ihr von der ganzen Angelegenheit und unserer Unterhaltung im Gasthaus erzählen. Doro sagte nichts und starrte weiter in die Luft.

Berti traf ich mißgelaunt im Gasthaus wieder. Offensichtlich kam er nur, weil er nichts anderes zu tun hatte. Er sagte, er wolle am Nachmittag zu mir kommen, um etwas mit mir zu lesen.

»Machst du dir nichts mehr aus den Mädchen?« fragte ich.

»Aus welchen?... Ich hasse sie«, antwortete er.

»Du willst doch nicht etwa behaupten, daß du die Gesellschaft des Ingenieurs suchst.«

Er fragte mich, ob Doro wirklich mein Freund sei. Ja, antwortete ich, er und seine Frau seien meine besten Freunde.

»Seine Frau?«

Er hatte nicht gewußt, daß Clelia Doros Frau war. Seine Augen begannen zu funkeln. »Tatsächlich?« fragte er noch einmal, senkte seine Augen und machte das gleichgültige und gelangweilte Gesicht, das er immer aufsetzte, wenn er ernst war. »Was hast du denn geglaubt?« fuhr ich ihn an. »Daß sie eine Tänzerin sei?«

Berti zerknüllte das Tischtuch und ließ mich reden. Dann schaute er mich mit naiv leuchtenden Knabenaugen an und fragte mich noch einmal, ob er heute nachmittag zu mir heraufkommen dürfe.

»Es wird Sie doch sonst niemand besuchen?«

Es war klar, daß er auf Clelia anspielte.

»Was ist eigentlich los?« fragte ich ihn. »Du haßt die Frauen und wirst rot, wenn du nur an sie denkst?«

Berti gab mir irgendeine törichte Antwort, dann verstummten wir beide und standen schließlich auf. Auf der Straße blieb er schweigsam, aber wenn er antwortete, wurde er so lebhaft wie jemand, der einfach darauflos redet, weil er an etwas anderes denkt. Unter dem Olivenbaum blieb ich stehen, um einen Augenblick mit der Hauswirtin zu sprechen, und er erwartete mich am Fuß des Treppchens, dessen steinerne Brüstung er mit einem halb zärtlichen, halb verächtlichen Lächeln auf den Lippen streichelte. »Komm herauf«, sagte ich, als ich zu ihm trat.

Als wir oben waren, ging er ans Fenster, lehnte sich mit dem Rücken daran und schaute zu, wie ich mir im Zimmer zu schaffen machte.

»Herr Professor, ich bin ja so froh«, erklärte er plötzlich, als ich ihm den Rücken kehrte, um mir den Mund zu spülen.

Ich fragte ihn nach dem Grund dafür, aber er machte bloß eine Handbewegung, als wollte er sagen: »Nur so.«

Auch an diesem Nachmittag kamen wir nicht zum Lesen. Er begann mir zu erklären, von Zeit zu Zeit überkomme ihn die Lust zu arbeiten, eine wahre Arbeitswut, der Wunsch, etwas zu tun, nicht so sehr zu studieren, als eine anstrengende, verantwortungsvolle Tätigkeit zu übernehmen, mit der er Tag und Nacht beschäftigt sei, um wie wir alle, wie ich ein Mann zu werden. »Dann arbeite doch«, sagte ich ihm, »du bist doch jung, ich an deiner Stelle ...« Darauf erklärte er mir, er verstehe nicht, warum die Leute so für die Jugend schwärmten. Er wäre am liebsten schon dreißig – das wäre doch viel besser, denn die Jahre bis dahin seien nichts wie blöd.

»Jedes Alter ist blöd. Interessant wird es erst, wenn es hinter uns liegt.«

Nein, meinte Berti, er finde wahrhaftig nichts Interessantes an seinen fünfzehn oder siebzehn Jahren. Ich erklärte ihm, das Schöne an seinem

Alter sei, daß einem Dummheiten noch nicht zur Last gelegt werden, und zwar genau aus dem Grund, aus dem es ihm mißfalle: weil man noch als Junge gelte.

Er schaute mich an und lächelte.

»Also sind die Dinge, die ich tue, keine Dummheiten?«

»Je nachdem«, antwortete ich, »wenn du die Frauen meiner Freunde belästigst, so ist das gewiß eine Dummheit und zudem eine Ungezogenheit.«

»Ich belästige niemanden«, protestierte er.

»Das wird sich zeigen.«

Im weiteren Verlauf unseres Gesprächs gestand er mir dann, törichterweise geglaubt zu haben, Clelia sei die Freundin meines Freundes. Daß er nun wisse, sie sei seine Frau, freue ihn, denn es mache ihn ganz rasend, daß die Frauen, nur weil sie Frauen seien, sich an den nächstbesten verkauften. »Es gibt Tage, an denen die Welt und das Leben mir wie ein einziger großer Puff vorkommen.«

In diesem Augenblick wurde er von einer scharfen, mir nicht unbekannten Stimme unterbrochen, einer erbitterten Frauenstimme, die von der Straße heraufklang und der Stimme unserer Hauswirtin kein Wort schuldig blieb. Wir schauten uns an. Berti verstummte und senkte die Augen. Mir wurde klar, daß das die Frau vom Strand war. Berti rührte sich nicht.

Die Hauswirtin schrie: »Er ist nicht da, ich weiß gar nichts.« Die andere zeterte und schimpfte und behauptete, noch niemand habe es ihr gegenüber an Respekt fehlen lassen, und nur mit Weihwasser könne man sich das Gesicht nicht waschen.

Als sie verstummten und man jemanden fortgehen hörte, wartete ich darauf, daß Berti etwas sagen würde, aber er starrte nur mit verhärteten Zügen abwesend vor sich hin. Dann stand er auf, und ich sagte ihm, er solle dafür sorgen, daß so etwas nicht wieder vorkomme. Ohne eine Antwort abzuwarten, schloß ich die Tür hinter ihm.

Zum Felsen kam er an diesem Abend nicht. Dafür kam Guido, der sich den Schweiß trocknete. Clelia fragte ihn, um ihn zu necken, wann sie das nächste Mal zum Tanzen dort hinaufführen.

»Hörst du«, wandte er sich an Doro, »deine Frau möchte tanzen gehen.«

»Ich aber nicht«, antwortete Doro.

Clelia erzählte mir gerade von einer kleinen Loggia am Palazzo ihres Onkels, die ihr heute abend wieder in den Sinn gekommen sei und wie gern sie jetzt dort wäre. Guido hörte ihr eine Zeitlang zu und sagte dann, der richtige Mann, solche Stimmen aus der Vergangenheit zu schätzen, sei ich.

Clelia lächelte betreten und erwiderte, aber über die Gegenwart wolle sie sich mit ihm unterhalten. Wir schauten Guido an, der – wahrscheinlich meinetwegen – Clelia zublinzelte und sagte, sie solle uns wenigstens etwas Interessantes erzählen, zum Beispiel von ihrem ersten Ball, denn der erste Ball einer Frau bringe immer Unerwartetes mit sich.

»Nein, nein«, entgegnete Clelia, »wir möchten etwas von *Ihrem* ersten Ball hören. Oder auch von Ihrem letzten, dem von gestern abend.«

Doro stand auf und sagte: »Bezähmt euch. Ich gehe schwimmen.«

»Ja«, sagte ich, »man spricht immer nur vom ersten Ball der jungen Mädchen. Und was ist mit dem der Jungen? Was empfinden die zukünftigen Guidos, wenn sie zum erstenmal ein Mädchen küssen?«

»Für die gibt es gar kein erstes Mal«, meinte Clelia. »Die zukünftigen Guidos fangen nicht irgendwann damit an. Die tun das schon, ehe sie auf die Welt kommen.«

In diesem Ton machten wir weiter, bis Doro zurückkam. Clelia mochte solche aggressiven Nekkereien und gab ihnen gelegentlich eine maliziöse Nebenbedeutung, die Guido – vielleicht täusche ich mich – nicht immer bemerkte. Oder richtiger gesagt, wirkte er dabei, als lasse er sich das nur gefallen, weil er ganz andere Sorgen habe. Diese Mischung aus Bereitwilligkeit und Widerstreben, mit der er unser Spiel duldete, entlockte mir ein Lächeln.

Ich sagte: »Ihr seid ja wie Mann und Frau.«

»Sie Scheusal«, erwiderte Clelia.

»Kann man mit einer Frau wie Clelia etwas anderes als Spaß machen?«

»Es gibt nur einen Mann, mit dem sie keinen Spaß versteht«, stellte ich fest.

»Natürlich«, bestätigte Clelia.

Dann kam Doro zurück und warf sich im letzten Sonnenschein in den Sand. Kurz darauf stand Guido auf und sagte, er gehe jetzt an die Bar. Er verschwand zwischen den Pfählen der geschlossenen Sonnenschirme und dem abendlichen Gedränge mit seinem Hin und Her. In einiger Entfernung von uns begrüßten Ginetta und andere junge Leute ein ankommendes Boot mit großem Geschnatter. Wir drei schwiegen; ich lauschte dem Geräusch der Ruder und den Stimmen, die immer leiser wurden.

»Wissen Sie eigentlich, Clelia«, begann ich plötzlich, »daß mein Schüler sich Ihretwegen entschlossen hat, sein Leben zu ändern?« Doro hob den Kopf. Clelia machte große Augen.

»Er hat sich von seiner Geliebten getrennt und redet schlecht über alle Frauen. Das ist ein untrügliches Zeichen.«

»Ich danke«, murmelte Clelia.

Doro legte sich wieder zurück. »In Doros Gegenwart kann ich es ja aussprechen«, fuhr ich fort. »Er hat sich in Sie verliebt.«

Clelia lächelte und rührte sich nicht. »Das tut mir leid für die arme Person... Kann ich etwas dabei tun?« – Ich mußte lächeln. »Wo hier so viele Mädchen auf der Suche sind«, fuhr Clelia fort, »ist das doch peinlich.«

»Warum eigentlich?« fragte ich. »Er ist glücklich. Glücklicher als wir. Man muß ihm nur zuschauen, wenn er selbstvergessen Baumstämme streichelt.«

»Wenn er es so nimmt...«, meinte Clelia.

Doro drehte sich im Sand um. »Ach, hört doch auf damit.«

Wir sagten ihm, er solle sich nicht einmischen, denn das gehe ihn überhaupt nichts an. Clelia starrte ein Weilchen wortlos in den Sand. »Ist das denn wirklich wahr?« fragte sie plötzlich.

Lachend bestätigte ich es ihr. »Was findet dieser Dummkopf bloß an mir?« Sie schaute mich argwöhnisch an. »Ihr seid doch alle miteinander Dummköpfe.«

Ich sagte ihr noch einmal, mein Schüler sei glücklich und damit habe es sein Bewenden und ich selbst würde unter dieser Voraussetzung gern als Dummkopf gelten.

Da lächelte Clelia und meinte: »Das stimmt. Ich war damals auch nicht anders, als ich von der Loggia, anstatt Schularbeiten zu machen, Papierkügelchen auf die Vorübergehenden warf. Einmal paßte ein Herr mich unten ab und jagte mir einen gewaltigen Schrecken ein. Er wollte wissen, was ich ihm geschrieben hätte. Es war eine lateinische Hausaufgabe.«

Doro, der auf dem Rücken im Sand lag, lachte vor sich hin.

»Und dieser Herr war Guido«, sagte ich.

Clelia warf mir einen vernichtenden Blick zu und fragte, was ich eigentlich gegen Guido hätte. Das kränkte mich. »Ich kenne ihn doch«, antwortete ich.

»Guido tut so etwas nicht«, entgegnete Clelia, »Guido ist Damen gegenüber höflich.«

Vorsichtig sondierend lud Guido mich ein, an einem Abend mit ihm in das bekannte Lokal hinaufzufahren. »Nina wird auch dort sein. Das ist Ihnen doch recht?« Er wandte sich nach Berti um, der ein paar Schritte zurückgeblieben war, um bei der Unterhaltung nicht zu stören, und sah mich fragend an. Ich bat ihn, auch Berti mitzunehmen. Er habe sich als recht witzig erwiesen und tanze gut, und es sei mit ihm darum mehr anzufangen als mit mir. Guido runzelte die Stirn und sagte: »Gewiß.« Also machte ich sie miteinander bekannt.

Dieser Abend verlief sehr schweigsam. Berti hatte geglaubt, dort mit Clelia zusammenzutreffen, und statt dessen mußte er nun mit Nina tanzen, die ihn nur anstarrte und kein Wort herausbrachte; wir beiden saßen schweigend am Tisch und folgten mit unseren Blicken den Paaren. Es ging nicht darum, daß Guido Nina loswerden wollte; was er mir darüber wie nebenbei sagte, klang eher nach einem Geständnis: »Ich bin in einem Alter, Herr Professor, in dem man sein Leben nicht mehr ändern kann, aber wenn Nina sich amüsieren möchte und ein Milieu, eine Gesellschaft fände, die ihr zusagten, wäre ich damit einverstanden.«

»Das brauchen Sie ihr doch nur zu sagen.«

»Nein«, entgegnete Guido, »sie fühlt sich einsam. Wissen Sie, als Mann hat man Freunde, Beziehungen, die man pflegen muß. Man kann ihr nicht seine ganze Zeit widmen.«

»Wäre eine offene Aussprache dann nicht das richtigste?« schlug ich vor.

»Mit anderen Frauen gewiß, aber mit ihr nicht. Eine Freundin, eine alte Freundin, wissen Sie... eine anspruchsvolle Frau, Sie verstehen?«

Dann tanzte Nina ein paarmal mit ihm, und Berti rauchte an unserem Tisch und schaute sich um. Er fragte mich, ob die Dame Guidos Frau sei.

»Nein«, antwortete ich, »sie gehört zu der Welt, an die du immer denkst. Wen erwartest du eigentlich?«

»Niemanden.«

»Meine Freunde kommen nicht. Wenn diese Dame dabei ist, kommen sie nie.«

Am späten Abend fragte ich ihn dann auf dem Treppchen unter dem Olivenbaum, ob Nina ihm gefalle, und als er nur das Gesicht verzog, fuhr ich fort, er täte Guido einen großen Gefallen, wenn er sich ein bißchen um sie kümmere.

»Aber warum läßt er sie denn nicht einfach sitzen, wenn er sie leid hat?« entgegnete Berti.

»Frag ihn doch selbst danach«, antwortete ich.

Berti fragte ihn nicht danach, als er aber am nächsten Tag etwas davon läuten hörte, daß wir mit Clelia und Guido abends wieder zum Tanzen dorthin wollten, ging er zu Fuß hinauf – ob er überhaupt zu Abend aß, weiß ich nicht. Wir sahen ihn schon, als wir beim Hereinkommen zwischen den Tischen hindurchgingen, im Hintergrund sitzen. Er hatte vor sich ein Getränk stehen und warf sofort seine Zigarette fort, blieb aber sitzen.

Zufällig war Ginetta diesmal nicht mit von der Partie. Da ich mittlerweile glaubte, seine Gedanken lesen zu können, war mir klar, daß er auf sie gehofft hatte, um sie als erste zum Tanzen aufzufordern. Guido, der nach seinem freien Abend wie verjüngt wirkte, schaute sich befriedigt im Kreise um und winkte ihm zerstreut zu. Berti stand auf und kam zu uns herüber. Ich starrte auf den Boden, denn ich bin ein Feigling.

»Wie geht es der gnädigen Frau?« fragte Berti.

Der allgemeinen Verlegenheit machte Clelia durch ein Lachen, das sie nicht zurückhalten konnte, ein Ende. »Uns geht es allen gut«, antwortete Guido in einem Ton und mit einer Geste, über die wir nun alle lächeln mußten. Nur Berti errötete und lachte nicht. Er blieb stehen und schaute uns an. Da konnte ich nicht widerstehen, blinzelte Clelia zu und sagte: »Das ist Berti, von dem ich bereits erzählt habe.« Doro machte ein gelangweiltes Gesicht und forderte ihn mit einer Geste auf, sich zu setzen. »Wollen Sie nicht ein bißchen bleiben?« murmelte er vor sich hin.

Natürlich mußte ich mich mit ihm unterhalten. Berti saß auf der vordersten Stuhlkante und spähte geduldig zu uns herüber. Ich fragte ihn, was er hier denn so allein mache. Er fuhr zusammen, als habe er der Kapelle gelauscht, und verzog nur das Gesicht. »Mein Freund hat mir erzählt, daß Sie mit der Schule aufgehört haben«, sagte Doro plötzlich. »Was machen Sie jetzt? Arbeiten Sie?«

»Ich bin arbeitslos«, erwiderte Berti ziemlich heftig.

»Mein Freund behauptet, Sie amüsierten sich hier«, fuhr Doro fort, ohne auf ihn zu achten. »Haben Sie denn Gesellschaft?«

Berti antwortete mit einem schlichten Nein. Nun schwiegen wir alle. Clelia, die sich halb der Kapelle zugewandt hatte, drehte sich zu Berti um und fragte: »Tanzen Sie, Berti?«

Für diese Frage war ich ihr dankbar. Berti, der jetzt einen Grund hatte, um sie anzuschauen, nickte. »Schade, daß Ginetta und Luisella nicht mitgekommen sind«, fuhr Clelia fort. »Die kennen Sie doch, nicht wahr?« Ohne die Augen von ihr zu wenden, antwortete Berti, ja, er kenne sie. »Und mit mir wollen Sie nicht tanzen?« fragte Clelia.

Als sie aufstanden, sagte niemand von uns ein Wort. Guido versuchte gerade, einen Teelöffel vom Boden aufzuheben, und währenddessen begegneten meine Blicke denen Doros. Ich glaube, daß er mir meine Unsicherheit von den Augen ablas, denn als ich verlegen in eine andere Richtung schauen wollte, sah ich, daß er die Stirn runzelte und flüchtig lächelte.

»Was gibt's«, fragte Guido, als er sich wieder aufrichtete. Clelia und Berti kamen fast sofort zurück. Ich weiß nicht, ob die Kapelle rascher aufhörte als sonst oder ob ich in meiner Unruhe nur nicht achtgegeben hatte. Als sie an unseren Tisch kamen, sagte Clelia etwas, an das ich mich nicht mehr genau erinnere, etwas, das sie auch beim Aussteigen aus einem Taxi hätte sagen können. Berti folgte ihr wie ein Schatten.

Im Lauf des Abends tanzten sie noch einmal miteinander. Ich glaube, daß Clelia ihn mit einem Blick dazu ermutigte. Jedenfalls stand Berti auf, schaute sie nur flüchtig an und wartete wortlos darauf, daß sie zu ihm kam. In der Zwischenzeit, in der ich bald mit Doro, bald mit Guido am Tisch saß, richtete manchmal einer von uns das Wort an Berti, der sich nur zu einsilbigen Antworten herbeiließ. Guido tanzte viel mit Clelia und kam jedesmal mit glänzenden Augen an unseren Tisch zurück. Schließlich blieben wir alle sitzen und unterhielten uns. Berti versuchte, Clelia nicht allzusehr anzustarren, und lauschte mit gelangweiltem, abweisendem Gesicht der Kapelle. Er sprach kein Wort. Deshalb fragte Guido ihn: »Müssen Sie dieses Jahr noch ein Examen wiederholen?«

»Nein«, murmelte Berti leise.

»Sie machen nämlich ein Gesicht wie jemand, der ein Examen vor sich hat, und nicht wie ein wohlerzogener Mensch.«

Berti grinste blöd. Clelia lächelte. Doro rührte sich nicht. Sekunden verstrichen, in denen niemand ein Wort sagte. Guido schaute uns schief an und brummte etwas vor sich hin. Beleidigender als alles andere war die verächtliche Grimasse, die er Berti zudachte. Als wolle er sagen: »Das ist erledigt und keinen weiteren Gedanken mehr wert.«

Berti sagte nichts. Er lächelte immer noch vor sich hin. Plötzlich fragte Clelia: »Sollen wir noch einmal zusammen tanzen?« Ich hob den Kopf. Berti war aufgestanden.

Clelia kam allein an unseren Tisch zurück und winkte im Vorübergehen jemandem, den sie kannte, gelassen zu. Sie setzte sich mit einem von Müdigkeit verzerrten, beinahe unfreundlichen Gesicht und murmelte, ohne uns anzuschauen: »Ich hoffe, ihr werdet jetzt ein bißchen unterhaltsamer sein.« In diesem Augenblick traten Freunde von uns aus dem Halbdunkel und brachten uns auf andere Gedanken.

Als wir zurückfuhren, antwortete Clelia auf eine vorsichtige Frage meinerseits, Berti habe auch beim Tanzen kein Wort gesprochen. Um so mehr redete Guido, als später wir beiden allein zum letzten Mal zusammen in die Bar gingen. Er erklärte mir, er könne junge Leute nicht ausstehen und er lasse es sich nicht gefallen, wenn sie eine Miene aufsetzten, als hätten sie ihm eine Lektion zu erteilen. »Schließlich müssen sie ja auch leben«, wandte ich ein, »und aus Erfahrung klug werden.« – »Erst sollen sie mal all das hinter sich bringen, was unsereiner hinter sich gebracht hat«, erwiderte Guido empört.

In der Bar erwartete ihn Nina. Damit hatte ich gerechnet. Sie saß an einem niedrigen Tisch, stützte das Kinn in die Hand und schaute dem Rauchfaden ihrer Zigarette nach. Sie winkte uns zu, und während Guido an der Theke etwas bestellte, fragte sie mich, ohne meine Hand loszulassen, mit ihrer leisen, heiseren Stimme, warum ich mich nicht öfter sehen ließe.

»Und gestern abend?« fragte ich.

»Sie tanzen nicht, Sie legen sich nicht in die Sonne, Sie essen mit niemandem zusammen, warum kommen Sie dann nicht mit uns? Immer nur Guidos Freunde! Was hat diese Frau für euch alle bloß so Verführerisches an sich? Sie wollen doch nicht etwa behaupten, daß Sie dem Ingenieur zuliebe zu ihnen gehen?«

»Ich behaupte gar nichts«, stammelte ich.

Die Nacht war so milde, daß es schade gewesen wäre, schon nach Hause zu gehen. Ob Berti mich wohl am Fuß der Treppe erwartete? Wahrscheinlich war er an den Strand gegangen und saß nun dort, um seine Niederlage auszukosten. Ich wäre ihm jetzt nicht gern begegnet. In meinem Zimmer stand ich dann lange an meinem Fenster.

Berti rief am nächsten Tag von der Straße zu mir herauf. Unsere Gasse lag noch in tiefem Schatten. Er fragte, ob ich nicht mit ihm baden gehen wolle. Dann schwieg er einen Augenblick und bat schließlich darum, zu mir heraufkommen zu dürfen. Mit angriffslustigem Schritt und Augen, die vor Müdigkeit glänzten, betrat er mein Zimmer. »Findest du das eine passende Zeit?« fragte ich ihn. Er sah aus, als habe er nicht geschlafen, und erwähnte das auch sofort nebenbei. Ja, er schien sich dessen geradezu zu rühmen. »Kommen Sie doch schwimmen«, forderte er mich noch einmal auf, »es ist sonst niemand am Meer.«

Ich mußte einen Brief schreiben. »Herr Professor«, sagte er nach kurzem Schweigen, »man muß nur die Nacht zum Tag machen. Dann wird alles schön.«

Ich hob die Augen von meinem Blatt: »In deinem Alter wiegen Enttäuschungen noch nicht schwer.«

Berti lächelte gequält. »Warum sollte ich enttäuscht sein?« Dann schaute er rasch zu Boden.

»Ich dachte, du hättest dich gestritten . . .«, antwortete ich.

»Mit wem?« unterbrach er mich.

»Schon recht«, murmelte ich.

»Kommen Sie schwimmen, Herr Professor«, wiederholte Berti noch einmal. »Das Meer ist weit.«

Ich erklärte, ich wolle später mit meinen Freunden ans Meer, und er solle mich in Ruhe lassen. Er ging und machte dabei sein halb ernstes, halb gelangweiltes Gesicht, und kaum war er fort, tat es mir leid, daß ich ihn so unfreundlich behandelt hatte. Aber daran ist nun nichts mehr zu ändern, überlegte ich weiter, er muß eben auch seine Erfahrungen machen. Ich hatte die meinen schließlich auch gemacht.

Guido traf ich in der Bar. Wie üblich trug er den Kragen offen und kurze weiße Hosen; ich mußte über die falsche Männlichkeit, die ihm seine Bräune verlieh, lächeln. Ebenfalls lächelnd reichte Guido mir die Hand und schaute mit einem halb listigen, halb ernsten Blick zu den Dächern hinauf. »Ein herrlicher Tag«, sagte er. Der Himmel und der Morgen waren wirklich zauberhaft. »Nehmen Sie einen Marsala, Herr Professor? Na, und heute nacht?« Er zwinkerte mir wer weiß warum zu und ließ mich nicht fort. »Und was macht die schöne Clelia?« fragte er mich.

»Ich komme direkt aus meinem Zimmer.«

»Immer tugendhaft, Herr Professor.«

Wir machten uns auf den Weg. Er fragte mich, ob ich noch lange am Meer bliebe.

»Ich fange schon an, genug davon zu haben. Es gibt hier zu viele Komplikationen.«

Guido hörte mir nicht zu oder verstand mich nicht.

»Sie sind eben zu allein.«

»Ich habe doch meine Freunde.«

»Das genügt nicht. Ihre Freunde sind auch die meinen, aber ich wäre heute morgen nicht so in Form, wenn ich die Nacht in einem einschläfrigen Bett verbracht hätte.«

Da ich schwieg, erklärte er, auch er sei gern mit Clelia zusammen, aber Rauch sei nun einmal kein Braten.

»Und wer ist der Braten?«

Er begann zu lachen. »Es gibt Frauen aus Fleisch und Blut«, antwortete er, »und solche, die nur aus Luft zu bestehen scheinen. Ein Atemzug von dieser Luft nach Tisch tut gut. Aber man muß vorher gegessen haben.«

Ich erzählte ihm, daß ich eigentlich Doros wegen ans Meer gekommen sei. »Dabei fällt mir ein«, fuhr ich fort, »daß er aufgehört hat zu malen.«

»Es wäre auch an der Zeit dazu«, erwiderte Guido.

Am Strand trafen wir an diesem Morgen weder Clelia noch Doro an. Gisella und die anderen Mädchen wußten nichts von ihnen. Mittags packte mich die Ungeduld, und da ohnehin keine Bootsfahrt auf dem Programm stand, ging ich nach Hause, zog mich wieder an und stieg zur Villa hinauf. Auf der Straße begegnete ich keinem Menschen. Als ich mich dem Gartentor näherte, tauchten auf dem Kiesweg Doro und ein älterer Herr mit Panamahut und Stock auf, der gemächlich auf die Straße zukam und zu etwas, was Doro ihm sagte, mit dem Kopf nickte. Als wir allein waren, schaute Doro mich mit Augen an, die auf eine komische Weise unruhig wirkten.

»Was ist denn los?« fragte ich ihn.

»Clelia erwartet ein Kind.«

Ich wollte dazu nicht gratulieren, ehe Doro seiner Freude nicht Ausdruck gegeben hatte. Wir gingen den kleinen Weg zum Haus zurück. Doro wirkte zugleich ungläubig und belustigt.

»Freust du dich eigentlich?« fragte ich ihn.

»Dazu muß ich erst mal sehen, wie das endet«, murmelte er vor sich hin. »Es ist das erste Mal, daß ich das erlebe.«

Nun kam Clelia aus ihrem Zimmer und fragte,

wer da sei. Sie lächelte mir zu, als wolle sie sich entschuldigen, und hob ihr Taschentuch zum Mund. »Ekeln Sie sich nicht vor mir?« fragte sie.

Dann sprachen wir über den Arzt, der viel von Verantwortung geredet hatte und mit wer weiß was für Instrumenten wiederkommen wollte, um eine wissenschaftliche Diagnose zu stellen. »So ein Idiot« sagte Clelia.

»Ach was«, polterte Doro los. »Wir fahren noch heute mit der Bahn nach Genua. De Luca soll dich untersuchen.«

Clelia schaute ergeben zu mir hinüber. »Sehen Sie«, sagte sie, »schon geht es los mit der Vaterschaft. Zu befehlen hat jetzt nur noch er.«

Ich sagte, es tue mir leid, daß sie nun ihren Aufenthalt am Meer unterbrechen müsse, auch wenn es einen so erfreulichen Grund habe.

»Glauben Sie etwa, mir täte es nicht leid?« fragte Clelia.

Doro zählte an seinen Fingern etwas ab. »Ungefähr müßte es ...«

»Ach, hör doch auf damit«, unterbrach ihn Clelia.

Dann nahmen sie aber doch nicht den Zug, sondern fuhren mit Guidos Auto. Doro, der mich in den Ort zurück begleitete, gestand mir, der Gedanke sei ihm peinlich, überall darüber reden zu müssen. Eine Verrenkung oder ein Bruch seien ihm angenehmer gewesen. Er redete bald von dem, bald von jenem und lachte über die nebensächlichsten Dinge. »Du bist ja aufgeregter als Clelia«, sagte ich.

»Oh, Clelia hat sich schon damit abgefunden«, erwiderte Doro. »Es ärgert mich geradezu, wie vollständig sie sich schon damit abgefunden hat.«

»Hast du denn nicht damit gerechnet?«

»Das ist doch wie beim Lotto«, erwiderte Doro,

»man steckt den Schein in die Tasche und denkt nicht mehr daran.«

Als Guidos Wagen nachmittags vor dem Gartentor hielt, war ich gerade bei Clelia, um mich zu verabschieden. Ich sah zu, wie sie durch die Zimmer ging und packte; das Stubenmädchen lief treppauf, treppab. Hin und wieder stieß Clelia einen Seufzer aus und trat an das Fenster, an dem ich lehnte. Sie wirkte dabei wie eine Gastgeberin, die sich mit jedem ihrer Gäste unterhält und sich zum Schluß bei einem einzigen darüber ausspricht, wie anstrengend und langweilig das gewesen sei.

»Freuen Sie sich eigentlich auf Genua?«

Sie nickte und lächelte dabei zerstreut.

»Doro unternimmt gern improvisierte Reisen«, fuhr ich fort, »hoffen wir, daß das die letzte ist.«

Nicht einmal auf diese Anspielung ging Clelia ein, sondern sagte, bei dergleichen müsse man auf alles gefaßt sein; dann wurde sie rot und zog sich mit einem »Sie Scheusal« aus der Affäre.

Ich teilte ihr mit, daß auch ich abreisen und nach Hause zurückkehren wolle. »Das tut mir leid«, meinte Clelia. Das sei nicht nötig, erwiderte ich, denn ich sei glücklich darüber, ihren letzten Mädchensommer mit ihr verbracht zu haben. Einen Augenblick lang war Clelia wieder so wie an den Tagen zuvor. Hocherhobenen Kopfes blieb sie stehen und sagte leise: »Das stimmt. Ich bin doch zu dumm. Sie müssen sich ja schrecklich gelangweilt haben, Sie Armer.«

Mitten am Nachmittag fuhren sie mit Guido ab, der seine Scherze machte. Da Clelia sich darüber aber sofort verstimmt zeigte, nehme ich an, daß er bald damit aufgehört hat. Sie hatten mich noch aufgefordert zu bleiben, da sie in wenigen Tagen zurückzukommen gedächten. Gleichwohl schaute ich ihnen ziemlich traurig nach, als sie fortfuhren. Im Grunde bedauerte ich nämlich, daß Doro mich nicht gebeten hatte, ihm Gesellschaft zu leisten.

Als ich am nächsten Morgen mit Ginetta am Strand war und wir ein bißchen über Clelia gesprochen hatten, wußte ich bald nicht mehr, wovon ich sonst noch mit ihr reden sollte, und war froh, daß ein paar junge Leute kamen und sie mir entführten. Ich bummelte nun zwischen den Sonnenschirmen hindurch, entdeckte in der Ferne Nina und schlug einen großen Bogen. Jeden Augenblick rechnete ich mit Berti.

Statt dessen traf ich, als ich auf die Promenade zurückkehrte, Guido. Er hatte gerade seinen Wagen in die Garage gebracht. Er erzählte mir, das Ehepaar wolle vorerst in Genua bleiben. Ihr Arzt war verreist, und Clelia war die Fahrt nicht gut bekommen. »Zu ärgerlich«, sagte er, »dieses Jahr machen alle sich aus dem Staub.«

Berti erschien wie üblich in meinem Restaurant. Er schlich wie ein Schatten herein, und noch ehe ich aufschaute, wußte ich, daß er vor mir stand. Er machte einen gefaßten Eindruck.

Aus seinem mißmutigen und gelangweilten Gesicht hätte ich geschlossen, daß er schon von der Abreise gehört hatte. Aber er fragte, ob ich morgens am Strand gewesen sei. Darauf wechselten wir ein paar Worte, und währenddessen überlegte ich mir, was ich ihm sagen sollte. Ich erkundigte mich, wann er nach Turin zurückkehre.

Er machte eine abweisende Gebärde.

»Alle kehren nämlich in die Stadt zurück«, fuhr ich fort.

Als er so von Clelias Abreise erfuhr, spielte er mit

der Zündholzschachtel. Den Grund dafür verheimlichte ich ihm. Sein betroffenes Aussehen ließ dann aber den Gedanken in mir aufzucken, er halte sich selbst wegen des Zwischenfalls bei der Tanzerei für den Grund dieser Abreise. Darum sagte ich ihm, seinem Wunsch gemäß habe Clelia als gute Ehefrau ein Kind empfangen. Berti schaute mich, ohne zu lächeln, an, lächelte dann ohne jeden Grund, legte die Schachtel fort und sagte: »Das habe ich mir schon gedacht.«

»Es ist ärgerlich«, fuhr ich fort, »daß solche Sachen vorkommen. Damen wie Clelia sollte so etwas niemals zustoßen.«

Ohne jeden Übergang war Berti plötzlich untröstlich. Ich erinnere mich, daß wir zusammen nach Hause gingen. Ich schwieg dabei, und er schwieg ebenfalls und ließ seine Blicke überall umherschweifen.

»Fährst du jetzt zurück nach Turin?« fragte ich ihn.

Aber er wollte nach Genua und bat mich, ihm das Geld für die Reise vorzustrecken. Ich entgegnete, er sei wohl verrückt geworden. Doch er meinte, er hätte ja auch lügen und mich unter dem Vorwand, Schulden bezahlen zu müssen, um das Geld bitten können, doch Ehrlichkeit sei bei mir fehl am Platze. Er wolle einfach Clelia noch einmal sehen und sich von ihr verabschieden.

»Was bildest du dir eigentlich ein?« fuhr ich ihn an. »Etwa, daß sie sich noch an dich erinnert?«

Wieder verstummte er, und mir wurde das Seltsame der ganzen Angelegenheit klar: ich hatte das Geld für die Reise und machte sie nicht. Inzwischen waren wir in unser Gäßchen eingebogen, und der Anblick des Olivenbaums verstimmte mich. Ich begann zu verstehen, daß kein Ort unwohnlicher ist als der, an dem man einst glücklich gewesen ist. Ich begriff, warum Doro sich eines schönen Tages in einen Zug gesetzt hatte, um zu seinen Höhen zurückzukehren, und warum er schon am nächsten Morgen zu seinem Schicksal zurückgekehrt war.

Noch am selben Abend trafen wir uns im Café – alle waren da, auch Guido und an seinem Tisch Nina –, und ich überredete Berti, mit mir nach Turin zurückzukehren. Guido wollte uns zum Tanzen mitnehmen, ja sogar Berti forderte er dazu auf. Aber wir reisten noch in derselben Nacht ab.

fi 136/8